DREAMBOOKS

DREAMBOOKS

DREAMBOOKS★

정령의 펜던트

ORIGINAL FANTASY STORY & ADVENTURE

발렌 판타지 장편소설

dream books
드림북스

정령의 펜던트 3 황궁으로

초판 1쇄 인쇄 2020년 1월 17일
초판 1쇄 발행 2020년 2월 4일

지은이 발렌
발행인 오영배
편집 편집부
일러스트 보살
만화 빅피
표지 · 본문 디자인 오정인
제작 조하늬

펴낸 곳 (주)삼양출판사 · 드림북스
주소 서울시 강북구 도봉로 173
대표 전화 02-980-2112 **팩스** 02-983-0660
편집부 전화 02-987-9393 **팩스** 02-980-2115
블로그 blog.naver.com/dreambookss
출판등록 1999년 3월 11일 제9-00046호

ISBN 979-11-283-9516-1 (04810) / 979-11-283-9513-0 (세트)

+ 이 도서의 국립중앙도서관 출판시도서목록(CIP)은 서지정보유통지원시스템홈페이지(http://seoji.nl.go.kr)와 국가자료종합목록 구축시스템(http://kolis-net.nl.go.kr)에서 이용하실 수 있습니다. (CIP제어번호 : CIP2020001509)

3
발렌 판타지 장편소설
ORIGINAL FANTASY STORY & ADVENTURE
황궁으로
정령의 펜던트
dream books
드림북스

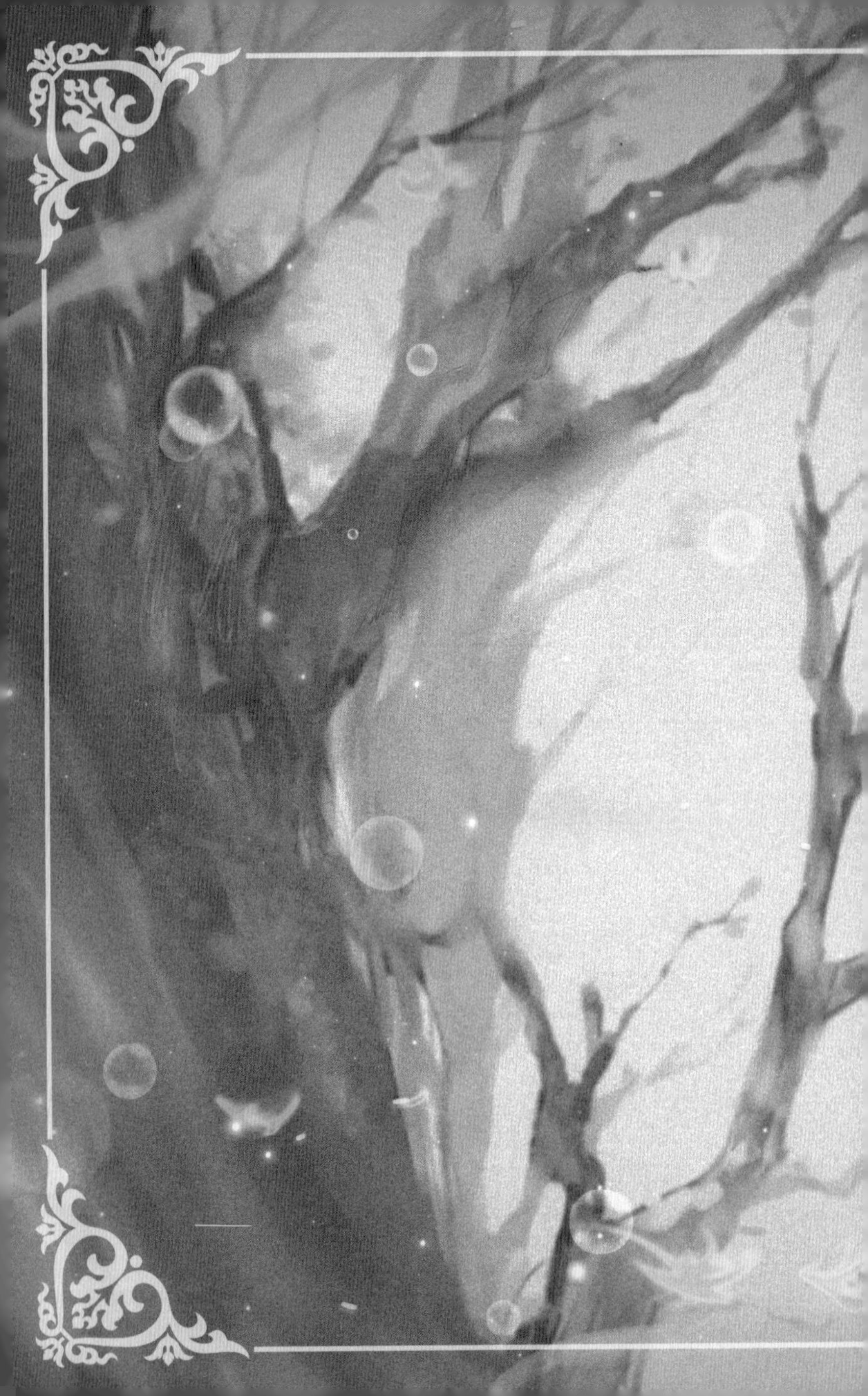

목차

Chapter 1.
어른의 싸움

1.

폴스카 제국의 수도 판엠.

그곳에서도 가장 고귀한 신분인 황제가 머무는 곳, 황궁 베르가라. 정복을 갖춰 입은 란데르트 공작이 베르가라의 한구석, 지붕 없는 발코니에 올라 바람을 맞으며 서 있었다.

"후우."

숨을 들이켜자 마른 공기가 훅 끼쳐 왔다. 습기라고는 전혀 느껴지지 않는 대기의 기운이 참으로 낯설다.

그의 영지는 물난리가 한창인데, 이곳은 반대로 가뭄에 시달리고 있다. 전란도 이보다는 나으리라. 잊을 만하면 몰아치는 대자연의 횡포에 제국, 아니 대륙 전체가 고초를 겪는 중이었다.

"여기 계셨습니까?"

뒤에서 인기척이 난 것은 그로부터 얼마 지나지 않아서였다.

"왔느냐?"

란데르트 공작은 돌아보지 않았다. 이미 상대가 다가오는 것을 알고 있었다. 그저 가만히 서 있는 것처럼 보이지만, 입궁 시 보통 때보다 감각을 넓게 열어 놓는 것은 공작의 오랜 습관이었다.

"캐링스턴에서 소식이 왔습니다."

공작의 고개가 움직였다. 그의 시선에 동생의 손에 들린 서찰 세 개가 보였다.

"각각 아카데미와 신전, 그리고 이언이 보내온 것입니다."

형의 얼굴에 떠오른 의문을 읽고 리암이 설명했다.

"어느 것부터 읽으시겠습니까?"

공작은 말없이 손을 내밀었다.

리암은 머뭇거리다 맨 위의 것부터 건넸다. 서찰을 펼치는 공작의 손놀림이 빨랐다.

란데르트 공작 전하께.

그간 안녕하셨습니까.

바율을 담당하게 된 로티어스 교수입니다.

제가 이렇게 공작 전하께 서신을 전하는 이유는 오늘 낮, 수업 도중 바율이 갑작스럽게 쓰러졌기 때문입니다.

다행히 지금은 무사히 치료를 마친 상태입니다. 기숙사에서 편히 쉬고 있는 것을 직접 보고 오는 길입니다.

신전 측에선 과한 스트레스가 원흉인 것 같다고 하더군요. 아무래도 새로운 생활에 적응하는 과정에서 몸에 무리가 온 듯합니다.

바율에 대해선 미리 전달받은 것도 있으니, 당분간은 조금 더 신경 써서 지켜보도록 하겠습니다.

하니 공작 전하께선 너무 염려 마십시오. 캐링스턴엔 바율에게 도움 될 만한 이들이 많습니다.

특별히 따로 연락할 일이 생긴다면 그때 다시 연락드리지요.

부디 그분을 잘 부탁합니다.

로티어스 제인 폰 윈터 드림

"…바율이 또 쓰러졌다고?"

란데르트 공작의 음성이 탁했다. 서찰을 쥐고 있는 그의 손등에 굵은 힘줄이 돋아났다.

"이것부터 읽어 보십시오."

"근 몇 달간 발작한 적이 없지 않으냐. 신체가 발육하면서 신성력을 잘 받아들이고 있다고 후안 사제가 그리 말했다."

"형님, 이걸 먼저……."

"나 때문이다. 내가 무리하게 녀석을 거기로 보내는 바람에 병이 난 것이야."

가기 싫다는 녀석을 억지로 내몰았다. 그저 조금 강하게 키우고 싶었을 뿐인데. 더 넓은 세상을 보게 해 주고 싶었던 것인데. 뒤늦은 후회가 몰려든다.

아는 사람 하나 없는 그곳에서 홀로 외롭게 병마와 싸웠을 아들을 생각하니 공작은 가슴이 미어졌다.

"이제는 괜찮다지 않습니까. 진정하시고 받으세요. 이언이 보낸 것입니다."

동생이 넘기는 이언의 편지를 공작이 멍하니 펼쳤다.

이언입니다.

오늘은 기뻐하실 만한 소식을 전해 드리고자 합니다.

도련님께서 저택으로 친구를 데려오셨습니다.

일라이, 에이단, 퀸이란 녀석들인데 다들 건강하고 좋은 아이들 같았습니다.

그중 퀸은 도련님과는 룸메이트 사이로, 인어국의 왕자라고 합니다. 식사 후엔 다 같이 퀸의 저택에 다녀오기도 했습니다. 금세 많이 친해지신 듯 보였습니다.

참, 가국어 수업 시간엔 칭찬도 받으신 모양입니다. 리타에게 자랑하는 걸 들었습니다. 아카데미 생활이 생각보다 재미나신 것 같습니다.

수업 중에 잠시 쓰러지는 사고가 있긴 하였지만, 크게 걱정하실 정도는 아닙니다. 평소보다 많이 웃으시고, 식사도 잘하시고, 잠도 푹 주무시는 걸 보면 일시적인 체력 저하 때문이 아닐까 합니다. 아무래도 성에서 지내실 때보다 움직임이 많으실 테니까요.

리타가 도련님을 위해 주말마다 보양식을 준비하겠답니다. 직접 시장에 나가 장도 보고 의욕이 아주 대단합니다.

하니 공작 전하께선 너무 심려 마십시오.

다시 또 연락드리겠습니다.

이언 세비지

"이제 좀 안정이 되십니까?"

공작은 서찰을 반복해서 읽었다.

바율이 친구를 데려오다니?

그것이야말로 공작이 바란 일이었다.

녀석이 형의 그늘에서 벗어나 새로운 벗을 사귀는 것.

더는 외톨이처럼 홀로 지내지 않는 것.

공작이 가장 보고 싶은 모습이었다.

한데 쉬이 믿기지가 않는다. 아들의 성격을 누구보다 잘 아는 그였다. 편입생으로 간 지 얼마 되지도 않아 친구를 사귀고 그들을 초대하기까지 했다는 건 평소 녀석의 모습과 많이 달랐다.

"보십시오. 이언도 크게 걱정할 일이 아니라고 하지 않습니까. 칭찬받을 정도로 수업도 잘 따라가고, 벌써 단짝 친구들까지 생기고. 이럴 줄 알았으면 형님 의견에 반대하지 말고 진작에 바율을 아카데미에 보낼 걸 그랬습니다. 녀석이 정말 기특합니다!"

너무 기쁜 나머지 리암의 눈에선 눈물이라도 떨어질 것 같았다.

"친구라니…… 녀석에게 친구라고는 오직 제 형과 로건뿐이었는데……."

그날의 사고 이후로 둘 사이가 멀어졌다는 것을 공작은

알고 있었다. 바율의 편지에 로건이 답장을 하지 않는다는 것도.

“로건도 캐링스턴에 입학했다지?”

“예.”

“어쩌면 둘이 만났을 수도 있겠군.”

“그랬다면 서찰에 쓰여 있지 않았을까요?”

“하긴, 그도 그렇군.”

“매정한 녀석. 아직도 마음이 풀리지 않았나 봅니다.”

리암에게서 로건을 원망하는 투가 느껴졌다.

‘그게 아니다.’

갓난아이일 때부터 지켜본 아이였다. 녀석은 그저 괴로운 것이다. 바일과 같은 얼굴을 바라보는 것이.

먼저 간 녀석이 너무 가여워서, 죽고 싶을 만큼 보고 싶어서 견디기 어려운 것일 뿐이다. 바로 자신처럼.

“그래도 형님, 다행이지 않습니까? 바율이 이렇게 잘 해내다니요. 역시 그 녀석도 형님 자식은 자식입니다!”

그동안 병을 핑계로 지나치게 끼고 살았던 것이 아닌가 반성이 될 정도였다.

“저는 이제 한시름 덜었습니다. 자레드의 고약한 장난질에도 무너지지 않고 잘 버텨 낸 걸 보면, 남은 4년 역시 무리 없이 잘 지낼 것이 분명합니다.”

"…고약한 장난질?"

처음 듣는 얘기였다. 공작의 눈초리가 어서 말해 보라는 듯 까끄름하게 올라가자, 리암이 야밤에 까마귀 둥지에서 벌어졌던 체스 게임과 최근 일어난 도난 사건에 대해 간략히 전달했다.

"술? 바율이 진짜 술을 마셨단 말이냐? 그것도 블러드 오브 드래곤을?"

공작은 그야말로 기함했다. 술이라곤 입에 대 본 적도 없는 아들이었다. 그런 녀석이 그 독한 술을 한 잔도 아니고 연거푸 마셨다니, 기가 막히다.

"전에 제가 말씀드렸지요? 위험한 장난도 서슴없이 치는 말썽꾸러기라고요. 이번에 크게 사고 친 덕에 상벌 위원회가 열린다고 하니 아마 호되게 혼이 날 겁니다."

"꽤 상세히 알고 있구나."

"예? 뭐……."

공작의 지적에 리암이 어색한 미소를 지으며 말끝을 흐렸다.

"따로 알아본 것이냐?"

"…걱정이 되어서요."

"이제 그만하거라."

동생의 마음은 충분히 짐작이 간다. 얘기를 듣고 나니 그의 생각에도 애들 장난이라고 하기에는 도가 지나친 느낌이다.

하나 그건 어디까지나 아카데미 내에서 해결할 문제였다. 그가 나서 봤자 바율에게 좋을 것이 없다. 그건 공작의 방식이 아니었다.

"그만하면 되었다."

동생을 바라보며 란데르트 공작이 엄히 말했다.

"…알겠습니다."

"남은 서찰이나 마저 읽어야겠다."

"바그너 사제란 자가 보낸 것입니다."

리암이 마지막 서신을 넘겼다. 세 번째 서찰은 다른 것들과 달리 봉합이 풀리지 않은 상태였다. 붉은색 밀랍 도장이 찍혀 있었는데, 그것은 공작만이 열어 볼 수 있다는 표식이었다.

누구도 예외는 없었다. 피를 나눈 형제인 리암도, 하나뿐인 아들 바율일지라도 절대 열어 볼 수 없었다. 그것을 어겼다가는 신분이나 지위 고하를 막론하고 누구든 큰 벌을 받아야 했다.

"……!"

밀랍을 뜯어 서신을 읽어 내려가는 공작의 표정이 자못 심각하게 변했다. 그의 파란색 눈동자가 시시각각 알 수 없는 빛깔을 띠었다.

"뭐라고 쓰여 있기에 그러십니까? 안 좋은 소식이라도 있는 겁니까?"

신전에서 보냈다면 분명 바율의 치료에 관한 이야기일 것이다. 로티어스 교수와 이언의 편지에선 치료를 잘 끝냈다고 하였지만, 형의 반응을 보니 혹여 다른 문제가 생긴 것은 아닌지 리암은 불현듯 걱정이 들었다.

"…아니다."

그러나 서찰을 갈무리하며 공작은 고개를 저었다.

"형님?"

"별일 아니니 신경 쓸 것 없다."

"…놀라신 것 아닙니까?"

"별로 중요하지 않은 문제다. 그보다 교수직이 몸에 맞는 모양이구나. 내게 직접 서찰까지 보내고. 제법 선생 티가 난다."

동생의 궁금함을 모른 척 넘기며 란데르트 공작이 부러 화제를 돌렸다. 서운한 기색이 역력했지만 리암도 더는 묻지 않았다. 가까운 사이일수록 지킬 건 지켜야 한다는 게 그의 원칙이었다.

"그런 일에는 전혀 맞지 않을 줄 알았는데 의외야."

"어릴 때부터 영특한 아이였습니다. 성격이 다소 특이해서 그렇지, 무슨 일이든 훌륭하게 해낼 겁니다."

"그분을 잘 부탁한다라…… 이미 소식을 전해 들었단 뜻이겠지?"

"아마도요."

"이제 그만 돌아와서 든든한 지원군이나 되어 주었으면 좋겠는데 말이야."

"그 고집을 어찌 꺾습니까? 형님이라도 안 될 겁니다."

"안다. 그러니 잡지 못했지. 담배는 끊었나 모르겠구나."

"기대하지 마십시오. 제 평생 그런 골초는 처음 봤습니다."

"건강을 위해서라도 좀 줄여야 할 터인데……."

"그나저나 폐하께선 뭐라고 말씀하시던가요? 싫으시답니까?"

"그 문제라면 더 이상 거론치 않기로 했다."

이미 돌이킬 수 없는 강을 건넜다. 세 번째 부인을 들이겠다는 황제의 뜻은 너무도 확고했다. 여기서 더 말리고 나섰다간 천하의 란데르트 공작이라도 눈 밖에 날 수 있다. 져 드릴 건 져 드려야 한다.

"곧 회의 시작입니다. 헥터 공작이 얼마나 기세등등할지 눈앞에 훤하군요."

"우리도 슬슬 가자꾸나. 하나를 양보했으니 하나는 챙겨 와야지."

능구렁이 같은 귀족들을 상대하는 걸 세상에서 제일 싫어하는 공작이지만, 그렇다고 이제껏 피하고 살지는 않았다.

해야 할 일은 해야 한다.

그것이 란데르트 공작이 황도에 온 이유였다.

2.

"황제 폐하 드십니다."

도당의 대신들이 모두 기립했다. 금과 은으로 세공된 거대하고 화려한 문이 열리며 폴스카 제국의 제35대 황제, 프라이트 멜라크 무어가 당당한 걸음으로 입장했다.

황제는 다부진 체격의 사나이였다. 키는 그리 크지 않지만, 떡 벌어진 어깨와 탄탄한 가슴뿐 아니라 두 팔과 다리, 배 등 온몸이 근육으로 뒤덮여 있었다. 본디 하얬을 피부는 야외 활동을 좋아하는 그의 성정 탓에 거의 구릿빛을 띠고 있었다.

"앉읍시다."

황제가 단상 위 어좌에 착석했다. 그가 부리부리한 눈을 들어 좌정하는 대신들을 한차례 쓱 훑었다. 그런 황제의 시선이 보이텍 후작에게 닿았을 때 한층 부드럽게 변했다. 다들 내색하진 않았지만 바로 알 수 있었다.

"좋은 아침이군. 모두 잘 잤는가?"

황제는 기분이 좋아 보였다. 원래도 호방한 성품이지만 오늘은 분위기가 조금 달랐다.

생기가 넘친다고 해야 할까?

평소 꾸준한 육체 단련으로 사십 대임에도 청년과 다름없는 젊음을 유지하고 있는 황제이긴 하나, 지금 같은 모습은 꽤 오랜만이었다.

"폐하, 용안이 무척이나 밝으십니다. 무슨 기쁜 일이라도 있으시옵니까?"

헥터 공작이었다. 그가 이유를 뻔히 알면서도 모른 척 황제에게 물었다.

"하하, 짐의 얼굴에 그리 티가 나는가?"

황제는 겸연쩍은 듯했으나 부인하지는 않았다. 그는 원래가 거리낌이 없는 사람이었고, 좋아하는 것을 감추는 타입이 아니었다.

"옥안에서 광채가 흐르옵니다. 어떠한 기쁜 일이시온지 신이 여쭈어도 되겠나이까?"

"물론이지. 경들도 알다시피 짐이 한창 연애 중이지 않은가."

황제의 시선이 다시 한번 보이텍 후작에게 머물렀다.

"사실 요 며칠 업무가 많아 그녀를 자주 보지 못하였네. 잠잘 시간도 부족할 만큼 바쁘게 보냈지."

"폐하, 어떠한 일이 있으셔도 침수는 제때 드셔야 하옵니다. 그래야 옥체를 보중하시지요."

"안 그래도 그녀도 그것이 걱정되었는지 어젯밤 직접 만든 것이라며 초를 하나 갖고 왔지 뭔가. 피로를 푸는 데 도움이 될 거라면서 수줍게 내미는 그 손길이 어찌나 어여쁘던지. 그간의 피로가 싹 씻기는 기분이었네."

어젯밤을 생각하자 황제의 얼굴에 다시금 미소가 피어났다.

"카트린느 영애의 마음 씀씀이가 참으로 훌륭하십니다. 신들도 미처 생각지 못한 부분이거늘, 벌써 이리 폐하를 챙기시다니 폐하의 짝으로 정녕 손색이 없다 다시 한번 사료되옵니다."

"보이텍 후작께서 영애님 교육을 아주 잘하신 듯합니다. 회의가 끝나는 대로 제게도 그 비법 좀 전수해 주시는 게 어떻겠습니까?"

헥터 공작에 이어 다른 대신까지 영애를 추어올리자 보이텍 후작이 아니라며 손사래를 쳤다.

"아이고, 비법이랄 게 뭐가 있겠습니까? 제 자식이라서

가 아니라, 어려서부터 남을 배려하는 게 몸에 밴 아이입니다. 지난주 내내 폐하를 위해 무얼 할 수 있을까 고민하는 것 같더니 초를 만든 모양이군요. 아비인 저도 이제야 알았습니다. 부디 폐하의 마음에 드셨기를 바라옵니다."

"마음에 들다 뿐이겠나? 은은한 향내가 피로는 물론, 머릿속까지 맑게 해 줘서 간밤에 푹 잘 수 있었네. 몸이 얼마나 가벼운지 꼭 이십 대로 돌아간 것 같다니까!"

황제가 껄껄 웃음을 터뜨리자 헥터 공작을 비롯한 보이텍 후작 측 대신들이 따라서 크게 웃었다.

웃지 않는 건 란데르트 공작이 유일했다. 그의 측근들은 억지로 웃는 척이라도 했지만, 공작은 조용히 앞에 놓인 찻물만 들이켰다. 그것을 놓칠 헥터 공작이 아니었다.

"한데 란데르트 공작께선 어찌 그리 낯빛이 어두우십니까? 설마 아직도 폐하의 성혼을 반대하시는 것입니까?"

란데르트 공작이 이미 황제와의 독대를 마친 것을 알고 있는 헥터 공작이었다. 그 결과가 어찌 나왔다는 것까지도. 그럼에도 이리 대놓고 묻는 것은 란데르트 공작의 반대 의사를 다시 한번 상기시키고 싶은 것이리라.

"그럴 리가 있겠습니까."

공작은 급하지도, 그렇다고 느리지도 않게 찻잔을 내려놓았다.

"폐하의 성혼은 온 국민이 기뻐 마땅해야 할 일입니다. 저 또한 국민의 한 사람으로서 폐하의 성혼을 진심으로 감축드립니다. 다만 제가 걱정하는 것은 당면한 현 시국입니다."

란데르트 공작이 고개를 들어 황제를 바라보았다.

"가뭄과 홍수가 빈번히 일어나는 와중에 서북부에선 화산 폭발이 있었습니다. 동부는 때 이른 한파로 농작물이 얼어 죽는 등 제국의 곳곳이 자연재해로 몸살을 앓고 있습니다. 어찌하면 이런 어수선한 분위기 속에서 제대로 된 연회를 열 수 있을지 잠시 고민하였을 뿐 다른 뜻은 없사오니, 부디 폐하께선 오해하지 마시옵소서."

"허허, 란데르트 공작! 짐이 그대를 오해할 리가 있겠습니까? 자나 깨나 온종일 제국의 안정만을 염려하는 공작의 깊은 뜻은 짐이 누구보다 잘 압니다. 그러잖아도 이번 성혼은 간소하게 행하라 명할 참이었는데 말씀 잘 꺼내셨습니다."

나이가 지긋한 대신들 사이에서 란데르트 공작의 외모는 단연 도드라졌다. 그는 다른 대신들처럼 머리가 희끗하지도, 얼굴에 주름이 자글자글하지도 않았다. 외관상으로는 마치 어른의 무리에 낀 청년의 모습이랄까.

하나 누구도 그를 가벼이 여기지 않았다. 아니, 그러지 못했다는 게 맞을 것이다. 용모가 어리다고 해서 존재감까지 없는 것은 아니었으니까.

가만히 앉아만 있어도 위압감을 풍기는 존재.

황제가 공대를 하는 유일한 신하.

그것이 바로 제국의 살아 있는 전설이라 불리는 란데르트 공작이었다.

"폐하, 아무리 시국이 불안하기로서니 폐하의 성혼식이옵니다. 만인지상의 자리에 계신 분께서 어찌 그런 말씀을 하시옵니까?"

"맞습니다! 무려 국혼이옵니다. 어느 연례보다 성대하게 치러져야 할 것이옵니다!"

이야기가 의도한 것과 다르게 흘러가자 헥터 공작 측이 당황했다. 어느 때보다 화려하고 거대한 성혼식을 기대했던 그들에게 황제의 말은 나름 충격적이었다.

"경들의 뜻은 충분히 이해하네. 하나 지금은 상황이 좋지 않아. 죽어 나가는 백성이 있는 마당에 짐이 어찌 웃고 떠들 수 있겠는가? 당분간은 자중하는 게 좋겠네."

"폐하, 실로 옳으신 결정이십니다. 곧 린데만 황태자 전하의 열여덟 번째 생신도 있지 않습니까? 황실에서 연이어 성대한 파티가 벌어진다면 필시 민심이 크게 동요할 것이옵니다."

리암의 차분한 음성이 끼어든 것은 그때였다. 안 그래도 그가 입을 여는 것과 동시에 미간을 찌푸리던 헥터 공작 측 대신들은 황태자가 거론되자 싸늘하게 눈빛을 굳혔다.

"지금 린데만 황태자 전하의 생신이라 하셨습니까? 그것이 어찌 폐하의 성혼과 비교할 수 있단 말입니까? 그건 여기서 논의할 사항이 아닌 듯싶습니다."

"곡해하지 마십시오. 저는 그저 황실의 연이은 행사에 대해 말하고자 했을 뿐입니다."

특유의 미소를 머금은 채 리암이 덧붙였다.

"그리고 잊으신 듯하온데, 이번 생신은 린데만 황태자 전하의 성년식이기도 합니다. 폐하의 성혼만큼이나 중요하다고 감히 말씀드리고 싶군요."

제국에선 열여덟이 되면 성년으로 인정되어 술도 마실 수 있고, 부모의 동의 없이 혼인도 할 수 있다. 귀족이라면 정식으로 작위를 받아 정치에 참여할 수도 있는 나이였다.

황제의 유일한 아들이자 태자인 린데만 황자는 벌써 수년 전부터 정치에 많은 관심을 보여 왔다. 성년을 코앞에 둔 황태자가 이후로 어떤 행보를 보일지 다들 촉각을 곤두세우는 중이었다.

"세월 참 빠르지 않나? 아장아장 걷던 때가 엊그제 같은데, 황태자의 나이가 벌써 그리되었다니. 가끔은 믿기지가 않네."

아들을 생각하니 황제의 입가에 절로 웃음이 걸렸다.

"말이 나온 김에 의논해 보세. 짐의 성혼만큼이나 태자의 생일이 중요하다는 란데르트 자작의 의견에 짐도 동의하는 바네. 이 나라의 황태자이지 않은가? 일생에 한 번뿐인 성년식이니 그에 맞는 연회를 열어야지. 현 시국 분위기를 해치지 않는 선에서 어디 좋은 의견들 없는가?"

황제가 헥터 공작 측을 바라보았으나 좋은 의견이 나올 리 만무했다. 어떠하면 황태자의 과실을 들춰낼 수 있을까 기회만 엿보는 자들이었다.

보이텍 후작의 딸과 황제의 성혼을 눈앞에 둔 이때, 그들의 목표는 카트린느 영애가 하루빨리 황자를 생산해서 지금의 태자를 몰아내고 그 자리에 새로운 황태자를 올리는 것이었다.

그렇기에 린데만 황태자의 정치적 입지를 공고히 할 수 있는 일이라면 그것이 무엇이든 피해야 했다.

"폐하, 이러하면 어떻겠습니까?"

란데르트 공작이 다시금 입을 열었다. 기다렸다는 듯한 그의 태도에 헥터 공작이 바짝 긴장했다. 그걸 알기라도 한 양 란데르트 공작은 잠시 뜸을 들였다가 말했다.

"구휼미를 푸는 것이옵니다."

"구휼미?"

"네, 폐하. 린데만 황태자 전하의 성년식을 축하하는 의미로 백성들에게 구휼미를 푼다면 전하의 위상도 올라갈뿐더러, 시름에 젖은 백성들의 마음을 따뜻이 위로할 수도 있지 않겠습니까?"

"란데르트 공작, 말씀 중에 죄송합니다만 구휼미라면 이미 지난달에 한차례 배포하였습니다. 오랜 가뭄으로 황실 국고에도 더 이상의 여력이 없다는 거 공작께서도 잘 아시지 않습니까? 무리한 발언이십니다."

"폐하의 성혼식에 쓰일 여분의 자금이 있는 것 아니었습니까?"

"…그게 무슨?"

"조금 전 폐하의 성혼식을 성대하게 치러야 한다고 공이 직접 말하지 않았소? 설마 내가 잘못 들은 것이오?"

"……!"

아주 잠깐 헥터 공작은 표정 관리를 할 수가 없었다. 그의 시선이 갈피를 잃고 흔들렸다.

"폐하, 아뢰옵기 황공하오나 폐하의 성혼식에 쓰일 국고 일부분을 린데만 황태자 전하를 위해 사용하면 어떨는지요. 성년을 맞이하는 전하의 첫걸음으로 이보다 더 좋은 출발은 없을 것이옵니다. 폐하께서 허락만 해 주신다면 신이 직접 나서 처리하겠나이다."

"신도 돕겠습니다!"

"신 역시 함께하겠습니다!"

란데르트 공작의 말이 끝나기가 무섭게 그의 측근들이 뜻을 모아 소리를 높였다.

'젠장, 당했군.'

헥터 공작의 이마에 가느다란 핏대가 돋았다. 예상치 못한 반격이었다. 지금같이 어지러운 시국에 황태자의 이름으로 구휼미가 풀린다면 그의 명성이 높아지는 건 당연지사다. 훗날 새로운 황태자를 도모하려면 무조건 막는 것이 옳다.

한데 그러기는커녕 성혼식에 쓰일 비용까지 내주게 생겼으니 이 얼마나 기가 막힌 상황인가.

황제의 성혼이 간소하게 치러질 것은 이제 기정사실이 된 것이나 마찬가지였다.

"경들의 뜻이 그러하다니 짐 또한 기쁘군. 하나뿐인 아들의 성년식인데 아비로서 당연히 그 정도는 해야지. 란데르트 공작, 그대의 뜻대로 하십시오. 모든 걸 일임하겠습니다."

"신, 폐하의 명을 받자옵니다."

하나를 내주고 하나를 가져온다.

비록 황궁의 안주인 자리는 내주었지만, 황태자의 입지를 굳히는 데는 성공했다. 앞으로 또 어떤 문제가 닥칠지는 모르겠으나, 이만하면 확실한 경고를 했다고 란데르트 공작은 생각했다.

"참, 황태자의 생일에 경들의 자식들을 초대하는 건 어떤가? 짐이 기억하기로 나이가 비슷했던 것 같은데."

"예, 폐하. 신의 아들이 올해로 열여섯이옵니다."

여전히 이마에 혈관이 도드라져 있지만, 헥터 공작의 음성은 평소의 억양 그대로였다.

"황태자와 두 살 차이로군. 란데르트 공작은 어떻습니까? 이름이 바율이던가? 아마도 올해 열여섯이 되었다죠?"

"…그러하옵니다, 폐하."

"좋군요! 언제고 황태자에게 이런 자리를 만들어 주고 싶었습니다. 홀로 이 궁에서 얼마나 심심하겠습니까? 뜻깊은 날이니만큼 특별한 만남을 갖는 것도 좋겠지요. 벌써부터 그날의 만남이 기대됩니다."

거절할 수 없는 부탁이었다. 바율을 황궁으로 불러들인다니. 이보다 더 큰 일에도 꿈쩍 않던 란데르트 공작의 머릿속이 순간 복잡해졌다.

탕탕!

의사봉이 울리고 본격적인 도당 회의가 시작되었지만, 공작은 그답지 않게 집중하기가 어려웠다.

3.

긴 회의가 드디어 끝이 났다. 황제가 도당을 벗어나자 대신들이 하나둘 일어서며 오랜 회의로 굳어 있던 등과 허리를 폈다.

“형님.”

다른 대신들과 달리 자리에 앉아 생각에 잠겨 있는 란데르트 공작에게 리암이 걱정스러운 얼굴로 다가왔다.

“…괜찮으십니까?”

“뭐가 말이냐?”

“아까부터 안색이 좋지 않습니다.”

평소 표정에 거의 변화가 없는 공작이지만, 동생인 리암의 눈까지 피할 순 없었다.

“혹 바율 녀석 때문입니까?”

형의 속을 어찌 모를까. 이제 막 아카데미에 적응한 녀석을 험한 황궁으로 불러들이게 생겼으니 마음이 편치 않은 것이다.

황궁은 겉보기엔 평화롭게 보이지만, 언제 어떠한 일이 벌어질지 몰랐다. 음모와 시기가 판을 치는, 그래서 곧은 심성과 여린 마음을 가진 자는 몇 배로 힘든 곳. 황궁은 그러한 곳이있다.

"저도 염려가 되지 않는 것은 아니지만, 평생 품에 안고 있을 순 없는 노릇입니다. 황궁 방문은 녀석에게도 분명 좋은 경험이 될 겁니다. 너무 심려 마십시오."

"좋은 경험이라……."

"형님도 계시고 저도 있지 않습니까? 별일 없을 겁니다."

공작이라고 그걸 모르겠는가? 그는 그저 황궁이란 장소가 걸리는 것이다. 그조차 긴장을 늦추지 않는 이런 곳에 바율이 온다는 것이 아비로서 싫었다.

"무슨 사담을 그리 진지하게들 나누십니까?"

반갑지 않은 목소리가 들려온 것은 그때였다. 조금 전까지만 해도 보이텍 후작과 은밀히 귓속말을 나누던 헥터 공작이 웃으며 말을 걸었다.

"혹 바율 군 문제입니까?"

"문제라니요?"

어감이 기분 나쁘다. 리암이 예의는 갖추되 불쾌의 뜻을 내비치자 헥터 공작이 손사래를 치며 해명했다.

"이런, 오해하지 마십시오. 저는 그저 몸이 성치 않다 들었기에 폐하의 명을 따르기가 어려운 건 아닌가 우려했을 뿐입니다."

그 순간 헥터 공작의 얼굴은 정말로 바율을 걱정하고 있는 듯했다. 가식을 진심처럼 전하는 것. 헥터 공작의 장기

중 하나였다.

"괜한 걱정을 하셨군요. 바울이라면 아카데미에 입학하여 잘 생활하고 있습니다."

"아, 그 소식은 들었습니다. 편입생으로 들어갔다지요? 정시 모집에 응하지 못할 정도면 꽤 많이 아팠던 모양입니다. 쯧쯧, 하나뿐인 자식이 어찌 그리 약한지……! 두 분께서 걱정이 크시겠습니다."

말에 가시가 숨어 있다. 묵묵히 듣고만 있던 란데르트 공작이 그를 보며 담담히 입을 뗐다.

"그래 봤자 어디 헥터 공작만 하겠습니까? 저도 얘기 들었습니다. 상벌 위원회가 열린다지요?"

"…상벌 위원회라니요?"

"아직 듣지 못하셨습니까?"

헥터 공작이 대답 대신 뒤에 선 보좌관을 쳐다봤다. 이게 어찌 된 것이냐는 물음이었다.

"저기, 그것이……."

"설마 막지 못한 것이냐?"

"…소, 송구합니다. 회의가 끝나는 대로 막 보고하려던 참이었습니다."

공작의 눈빛이 살벌하게 변했다. 그로선 전연 예상치 못한 전개였다. 제국의 공작인 그가 친히 서찰까지 보내지 않았던가. 그럼에도 상벌 위원회가 열린다는 것은 명백히 그를 무시하는 처사였다.

'이것들이 감히 나를 능멸해?'

주먹 쥔 그의 손이 분노로 바르르 떨렸다.

"헥터 공작께서 얼마나 상심이 크시겠습니까. 아이가 장난을 좀 쳤기로서니 상벌 위원회까지 열리다니요. 지나친 감이 듭니다."

'혹시……?'

아니, 그럴 리가 없다.

란데르트 공작이 손을 쓴 건가 싶은 생각이 순간 들었으나, 헥터 공작은 이내 고개를 저었다. 정치적 신념이 달라 척을 지고 있지만, 역설적이게도 그는 공작의 인격을 믿었다.

"듣자 하니 매우 흥미로운 체스 게임을 둔 것 같던데, 헥터 공작께서도 경험이 있으십니까?"

"…아, 네. 저도 가끔 하고는 합니다. 꽤 재미있는 놀이지요."

"그렇습니까?"

"언제 함께하시죠. 제가 좋은 술로 준비하겠습니다."

"아니요, 저는 됐습니다. 아들만 한 실력이 안 돼서 말입니다. 원치 않는 술을 마시는 것처럼 곤욕스러운 일도 또 없지요. 정중히 사양하겠습니다."

두 아들에게 체스를 가르쳐 준 것이 란데르트 공작이었다. 처음엔 그의 실력이 월등히 높았으나, 열 살이 지날 무렵이던가? 공작이 점점 밀리기 시작하더니 지는 날이 많아졌다.

그가 업무로 바쁜 사이 아버지를 이겨 보겠다는 일념하에 형제가 합심하여 열심히 연마한 결과였다.

"모쪼록 자레드 군의 일이 잘 풀리길 바랍니다. 린데만 황태자 전하의 생신 연회에서도 무탈한 모습으로 만났으면 좋겠군요."

"란데르트 공작께서 이리 염려해 주시니 제가 다 안심이 됩니다. 말씀 감사합니다."

"그럼 다음에 뵙지요."

짧게 목례 후 란데르트 공작이 돌아섰다. 리암도 가볍게 눈인사를 건네고는 형을 따라갔다.

"……."

다 하지 못한 말이라도 있는 사람처럼 그런 형제의 뒷모습을 헥터 공작이 한참 동안 지켜보았다. 그의 눈동자가 벼린 칼날처럼 날카롭게 반짝였다.

Chapter 2.
말하지 못해 미안해

1.

"바율, 너 진짜 괜찮아?"

로건과의 만남이 있은 지 이틀이 지났다. 한숨 자고 일어났더니 언제 그랬냐는 듯 몸이 개운했다.

하지만 너무 놀란 탓일까. 쓰러진 날로부터 지금까지 수시로 친구들이 찾아와 괜찮으냐고 묻는 통에 바율은 나름의 고충을 느끼는 중이었다.

"나 정말 괜찮대도? 라이, 에이단, 걱정해 주는 그 마음은 진짜 고마운데, 이제 그만해도 돼. 나 완전 멀쩡해. 봐 봐!"

바율은 양팔을 벌리고 자리에서 빙그르 돌았다. 오늘 아침에도 같은 자리에서 똑같은 행동을 반복했었다.

"약은? 에이단이 가져온 약은 먹고 있는 거야?"

"그럼! 자, 여기. 이제 얼마 안 남았지?"

바율이 기다렸다는 듯 약통을 들어 흔들었다. 붉은색 액체가 투명한 유리병 안에서 이리저리 출렁였다.

"퀸, 밤에는 어때? 바율 잘 자는 것 같아?"

일라이가 이번에는 퀸에게 물었다. 그 역시 바율처럼 처음 듣는 질문이 아니었다. 바율과 같은 방을 쓴다는 이유만으로 함께 들볶이는 처지가 된 것이다.

"당연히 잘 잤지. 요즘 누가 업어 가도 모를 만큼 잘 잔다니까? 그렇지, 퀸?"

퀸의 표정이 미묘하게 일그러지는 것을 바율은 보고 말았다. 두 친구는 모르겠지만, 자신 때문에 덩달아 고문(?)에 시달리는 게 미안해서 며칠째 눈치만 보고 있었다.

"그리고 자꾸 퀸에게 그런 거 물어보지 마. 시험공부에 방해될 거야."

"시험공부?"

"퀸, 너 지금 공부 중이었냐?"

퀸이 책상 앞에 앉아 있긴 했지만, 공부 중일 거란 생각은 하지 못했다. 의외라는 듯 일라이와 에이단의 눈이 동시에 커졌다.

"너 시험공부도 하는구나. 신기해라."

"너무 안 어울린다."

"내 말이."

"근데 왜 여기서 해? 도서관이 훨씬 집중 잘되고 좋지 않나?"

"그러게. 난 방에서 공부하면 잠만 쏟아지더라."

"남이야 공부를 하든 말든 뭔 상관인데? 내가 내 방에서 공부하겠다는데, 무슨 문제 있어?"

결국 터질 게 터졌다. 퀸이 인상을 팍 쓰며 벌떡 일어났다.

"아니, 문제없지."

"그건 그렇지."

그러나 퀸의 성질에 움찔한 건 바율뿐이었다. 일라이와 에이단은 눈썹 하나 꿈쩍 않고 말을 이어 갔다.

"단지 우리는 도서관이 더 좋을 거다, 뭐 이런 얘기지. 친구를 위한 조언이랄까?"

"공부하다 보면 찾아볼 게 좀 많아? 내일부터는 여기서 이러지 말고 다 같이 도서관에 가는 게 어때? 내가 좋은 자리 맡아 줄 수 있는데."

"오, 그거 좋은 생각이다! 당장 내일부터 시작하자!"

"정말?"

"혼자보다는 여럿이 낫지 않겠어?"

"나도 좋아! 안 그래도 시험 때문에 걱정이었는데 잘됐다!"

"난 됐어."

모두가 기꺼워하는 와중에 퀸이 거부 의사를 표했다. 그 또한 예상했던 바이기에 일라이와 에이단은 별 반응하지 않았다. 어차피 넌 우리와 함께 가게 되어 있어. 이런 느낌이랄까.

똑똑.

누군가 찾아온 것은 그때였다. 익숙지 않은 노크 소리가 그들의 귀를 사로잡았다. 평소 일라이와 에이단은 그냥 문을 열고 들어왔기 때문이다. 그래서 그때마다 퀸이 버럭 화를 내고는 했는데, 이제는 거의 포기했다.

"누구지?"

"바율, 올 사람 있어?"

"아니."

"퀸은?"

"있겠냐?"

"하긴."

일라이의 지적에 에이단이 바로 수긍하며 문을 향해 걸어갔다. 순간 울컥했지만 틀린 말이 아니기에 퀸은 반박하지 못했다.

"이 시간에 누가…… 로건?"

문을 열자 뜻밖의 인물이 나타났다. 로건이 찾아온 것이다. 전혀 생각지도 못한 방문객의 등장에 에이단은 문을 연 채 눈만 끔벅였다.

"누가 왔다고?"

"에이단, 지금 로건이라고 했어?"

일라이는 확인 차 물었고, 바율은 반색하며 달려갔다.

"로건!"

이틀 만의 만남이었다. 바율은 기숙사 문밖에 서 있는 로건의 모습을 직접 보고도 좀처럼 믿을 수가 없었다.

"좀 들어가도 될까?"

바율을 만나러 왔는데 아이들이 이렇게나 모여 있을 줄 몰랐다. 조금 당혹스러웠으나 로건은 내색하지 않았다.

"응응! 로건, 어서 들어와!"

로건이 자기 발로 먼저 찾아왔다. 그 사실에 들뜬 나머지 바율은 로건이 긴장하고 있다는 것과 그런 그를 친구들이 수상하게 여기고 있다는 것을 미처 인지하지 못했다.

"여기 앉아."

바율이 빈 의자를 끌어와 로건 앞에 놓았다.

"로건, 저녁은 먹었어?"

"…응, 너는?"

"나도 먹었지. 친구들이랑 같이."

바율이 웃으며 친구들을 돌아보자 로건의 안색이 더 굳어졌다.

"근데 어쩐 일이야? 로건이 날 찾아오다니 놀랐어. 무슨 할 말이라도 있어?"

당연히 있다. 그게 아니라면 여기까지 올 이유가 무엇이겠는가.

"그게……."

하나 쉬이 입이 떨어지지가 않는다. 굳게 마음먹고 용기낸 것인데 막상 상황이 닥치니 작아지는 건 어쩔 수 없다.

"로건……?"

낯선 모습이었다. 언제 어디서든 당당하기만 하던 로건인데 지금은 불안한 듯 시선이 흔들린다.

"혹시 친구들 때문에 불편해?"

"어엇? 아니야."

지난날의 잘못을 고하는 입장이었다. 그런 처지에 누가 있고 없고를 신경 쓸 겨를이 없다. 어차피 언젠가는 다 알게 될 일이다.

'바율의 형이 죽은 건 원래 로건 때문이래.'

'사고의 충격으로 기억을 잃은 바율에게 모든 잘못을 덮어씌운 거래.'

'세상에! 어떻게 그런 끔찍한 짓을 저지를 수가 있지?'
'인간이 아닌 것 같아. 너무 무섭다.'

소문은 금세 퍼질 것이다. 조금 먼저 경멸의 시선을 받는다고 해서 달라지는 건 없었다.

"바율."

로건은 이를 악물고 힘겹게 말을 꺼냈다.

"응, 로건."

난 들을 준비됐어.

입가에 미소를 문 채 바율이 로건을 응시했다. 잠시 후 저 얼굴이 어떻게 변할까? 어떤 눈으로 나를 원망할까?

두렵지만 로건은 용기를 냈다.

"정말 미안해. 이제 와서 이런 말 소용없겠지만…… 그땐 내가 생각이 모자랐어. 그래서는 안 되는 건데…… 너무 무서워서……."

"아니야, 로건. 나 충분히 이해해."

"아니, 넌 이해 못 해. 내가 무슨 짓……."

"나 다 알아. 로건이 왜 그랬는지."

"…다 안다고?"

"로건도 힘들었잖아. 나 때문에…… 제일 친한 친구를 잃었으니까."

"바율, 그건 너 때문이 아니라……."

"내 편지에 답장하지 않은 것도 어떤 심정이었을지 이제는 알 것 같아. 그러니 더는 미안해하지 마, 로건."

"나는……."

"실은 찾아가려고 몇 번이나 생각했었어. 근데 그럴 수가 없더라고. 나도 로건을 마주할 용기가 없었던 거야. 나야말로 정말 미안해, 로건."

녀석의 편지에도 수없이 쓰여 있던 말이다.

미안해.

잘못을 한 건 자신인데, 어째서 늘 사과는 녀석이 하는 걸까.

"이제라도 이렇게 와 줘서 고마워."

고맙다는 인사까지.

분명 2년 전 그날의 진실을 고백하러 온 것인데 로건은 다시 한번 말문이 막히고 말았다.

"우리 앞으로 이렇게 자주 보자. 응?"

"그래, 둘이 화해하니깐 얼마나 보기 좋냐? 같이 좀 놀고 그래라! 소꿉친구가 얼마나 소중한 건데!"

나름 매너랍시고 구석으로 자리를 피해 있던 일라이가 이때다 싶었는지 끼어들었다.

"난 그런 친구도 없다고. 너희는 복 받은 거야. 안 그러냐, 에이단?"

"복은 무슨! 이딴 자식이면 난 백 명이 와도 사절이다!"

"아 참, 너 로건 싫어했지. 깜박했다."

대다수의 학생들과 잘 지내는 녀석이거늘, 로건은 왜 그렇게나 싫어하는지 알다가도 모를 일이었다.

"에이단, 나를 봐서라도 로건과 잘 지내면 안 될까?"

로건과의 관계를 힘겹게 다시 회복했다. 예전의 사이로 돌아가기까지 시간은 좀 걸리겠지만, 꼭 그렇게 될 거라고 바율은 믿어 의심치 않는다. 다만 그러기 위해선 에이단의 협조가 반드시 필요했다.

"내가 왜? 유감이지만 난 그러고 싶지 않아."

"에이단……."

"그리고 라이, 난 이 자식 싫어하지 않아."

"싫어하지 않는다고?"

"응, 증오하지."

에이단의 눈에서 순간 불길이 치솟았다. 녀석의 초록색 눈동자가 이처럼 짙게 변하는 것을 본 적이 없었다.

"바율, 안 되겠는데?"

일라이가 고개를 젓더니 검지를 세웠다.

"이렇게 된 거 방법은 하나뿐이야. 어이, 로건. 뭔지 모르겠지만 일단 사과부터 해라."

"…사과?"

"이 녀석이 이렇게 화내는 이유가 있을 거 아니야. 오해는 나중에라도 풀면 되니까 먼저 진정부터 시키자고."

그럴 수만 있다면 로건도 그러고 싶다. 미움받는 것에 딱히 신경 쓰는 타입은 아니지만, 바울 때문에라도 원만한 관계를 유지하고 싶다.

하지만 기억나는 것이 전혀 없었다. 로건이 아는 거라곤 아카데미에 입학해 처음 마주친 순간부터 녀석이 으르렁거렸다는 것이다.

무엇을 잘못하고 말 것도 없었다. 녀석은 처음부터 그냥 자신을 싫어했다.

"왜 말이 없어. 설마 모르는 거냐? 아니지?"

로건의 얼굴에 그렇다는 듯한 기색이 어리자 에이단이 경악했다.

"헐! 네 잘못을 네가 모른다고?"

내심 사과를 기대하고 있던 차였다. 그날의 치욕이 여전히 눈에 아른거리지만, 제대로 사과만 한다면 용서해 줄 준비가 되어 있었다.

"이, 이게 혹시 그런 거냐?"

얼마나 억울하고 분한지 에이단이 말까지 더듬거렸다.

"무심코 던진 돌에 개구리는 맞아 죽는다! 아니, 뭐 내가 죽은 건 아니지만, 어쨌든 지금 그런 상황 맞지? 그치?"

"야야, 진정해. 왜 갑자기 흥분하고 그래."

"지금 내가 흥분 안 하게 생겼어? 이 자식이 지금 자기가 한 짓도 기억 못 하잖아! 머리가 그렇게 나쁘냐? 와 나, 어이가 없네, 어이가 없어!"

에이단이 교복 재킷을 벗더니 바닥에 세게 내팽개쳤다. 귀여운 얼굴로 하는 짓은 거칠기 그지없었다.

"야, 진정하라니까! 바울 아직 환자야! 잊었어?"

일라이가 의도한 것인지 어쩐지는 모르겠지만, 최소한 당장이라도 싸울 것 같던 둘의 관심을 돌리는 데는 성공했다.

"바울, 몸이 안 좋아? 어디가?"

로건이 걱정스러운 눈빛으로 황급히 바울을 돌아봤고, 에이단은 주춤거리며 물러났다. 가슴이 들썩거리는 게 아직 할 말이 많은 듯했지만 바울을 위해 일단 참는 모양새였다.

"지금은 괜찮아졌어. 걱정 안 해도 돼, 로건."

"정말이야?"

"응, 내가 원체 몸이 약하잖아. 라이가 지나치게 염려하는 거야."

"그러고 보니 그때는 왜 그랬던 거야?"

"응?"

"신전에서 말이야. 네가 쓰러진 걸 한두 번 본 것도 아닌데, 그때처럼 이상한 광경은 본 적이 없어."

"아…… 그거?"

로건이 묻는 것은 정령들이 벌였던 일에 대해서였다. 바율은 기억하지 못하지만 이노센트를 처음 목격하고 놀라서 기절했던 날, 사대 원소의 특징이 모두 발현되었다고 했다.

그것을 직접 눈으로 목도한 사람 중 바율과 제대로 이야기를 나누지 못한 건 치료 도중 혼절한 바그너 사제와 로건, 이렇게 둘이었다.

"뭐라고 했더라…… 그래, 정령. 그때 분명 그렇게 말했지?"

로건이 정확히 퀸을 직시하며 정령이란 단어를 꺼냈다.

"근데 그게 뭐지?"

로건으로서는 살면서 한 번도 들어 본 적 없는 말이었다.

"전설이란 말도 얼핏 했던 것 같은데……."

갑작스러운 정령 이야기에 돌연 분위기가 어색해졌다. 어쩌다 보니 정령에 대한 건 아직 넷만의 비밀이었다. 가장 가깝다고 할 수 있는 리타와 이언에게도 말하지 못했다.

'어떡하지?'

'글쎄. 모른 척 잡아뗄까?'

'퀸, 넌 왜 하필 로건 있는 데서 그딴 말을 해서 일을 귀

찮게 만드냐? 뭐라고 설명할 건데?'

'지금 이 상황이 내 탓이란 소리냐?'

"바율?"

갑자기 다들 말은 않고 서로의 눈치만 살피고 있다. 바보가 아닌 이상 누구라도 이상한 낌새를 느낄 것이다.

"로건, 사실 그게 어떻게 된 거냐면 말이야……."

말릴 새도 없었다. 어떻게 설명해야 하나 잠시 고민했을 뿐, 바율은 망설이지 않았다. 상대는 로건이었다. 로건에게 털어놓지 못할 비밀은 없었다.

그러길 얼마나 지났을까.

바율의 얘기를 듣는 동안 로건의 표정이 여러 번 변했다. 그의 황금색 눈동자에 이토록 많은 감정이 떠올랐다가 사라지는 것은 처음이었다.

"…그럼 일단 바율, 이제 너 아프지 않은 거야?"

로건이 제일 처음 물은 건 역시나 바율의 건강 문제였다.

"응, 나 멀쩡해. 아팠던 게 아니라 설명했던 대로 정령의 목소리를 들었던 거야. 그걸 신성력으로 억지로 누그러뜨리려 하다 보니 오히려 부작용이 생겼던 거고."

믿을 수가 없다. 아파서 누워 있는 녀석의 모습을 수도 없이 봐 왔다. 뿐인가? 신성력 치료를 위해 사제가 방문하는 것 역시 수차례 보아 왔다.

그런데 그 모든 게 오해에서 비롯된 것이라니. 바율에게 이상이 없다는 건 기쁜 일이지만, 지난날의 시간이 허무한 것도 사실이었다.

녀석을 위한 치료가 도리어 녀석에게 독이 될 줄 그 누가 상상이나 했겠는가. 이제라도 알았으니 천만다행이 아닐 수 없었다.

"공작 전하께서 무척 기뻐하셨겠다. 아픈 게 아니라니 정말 다행이야, 바율."

완전한 진심이었다. 바율이 건강해지길 얼마나 바라 왔던가. 어린 시절, 녀석을 알게 된 날로부터 매일 같이 소원하던 일이었다.

"…아직 모르셔."

"모르시다니? 그게 무슨 소리야?"

"말씀을 못 드렸거든……."

"말씀을 못 드렸다고? 아니, 왜……?"

아들 걱정으로 밤잠 지새우는 것을 습관처럼 하시는 분이었다. 그걸 녀석도 모르지 않을 텐데, 어째서 말하지 않은 걸까.

'바율?'

그러고 보니 녀석의 안색이 좋지 않았다. 얼굴 전체에 불편한 기색이 역력하다. 아버지 얘기라면 더는 하고 싶지 않은 느낌이랄까.

세상에서 아버지를 제일 좋아하고 자랑스러워하던 녀석이었다. 바율도, 바일도 아버지라면 자다가도 벌떡 일어날 정도였다.

2년 사이에 대체 무슨 일이 있었던 거지?

혹시 그날의 일 때문인가?

지은 죄가 있기에 로건의 낯빛 역시 덩달아 어두워졌다.

"로건! 이노센트랑 인사해 볼래?"

"…어?"

서먹해진 아버지와의 사이에 대해 굳이 말하고 싶지 않은 바율은 부러 밝은 목소리로 다른 이야기를 꺼냈다.

"아, 이노센트는 물의 정령이야. 내가 기절하던 날 처음 만났다던."

"그 꼬마 소녀 말이지?"

"응, 내 말만 듣고서는 정령이 어떤 존재인지 알기 어렵잖아. 아마 감도 안 올걸?"

끄덕.

로건의 고개가 절로 끄덕여졌다. 바율이 제법 긴 설명을 해 주었지만, 정령에 대해 정의 내리기란 쉽지 않았다.

"바율, 이노센트 부르려고?"

"너희도 본 지 오래되지 않았어?"

“그런 버릇없는 꼬맹이는 며칠 안 봐도 되거든.”

아직 계곡에서의 물벼락 사건을 잊지 못한 일라이였다. 언제고 복수할 날을 손꼽고 있다는 건 아무도 모르는 그만의 비밀이었다.

“그럼 부를게. 잠시만.”

바율은 즉시 눈을 감고 맘속으로 이노센트를 찾았다.

—왜, 바율?

얼마 지나지 않아 원피스 자락을 휘날리며 이노센트가 짠 하고 나타났다. 뭘 하다가 왔는지 녀석의 주변이 온통 물방울 천지였다. 신기한 건 그 물방울들이 바닥으로 떨어지지 않고 녀석의 주위를 맴돌고만 있다는 것이었다.

“소개해 줄 사람이 있어.”

—누구? 이 남자?

이노센트가 모르는 사람이라곤 로건뿐이었다. 그녀가 방안을 크게 한 바퀴 휘젓고는 로건의 코앞으로 날아갔다.

로건은 어리둥절했다. 빈 허공에 대고 바율이 말을 하고 있으니 이상할 만도 했다.

그때였다.

“안녕?”

별안간 차가운 기운이 로건을 훅 덮쳤다. 그와 동시에 파란 눈의 꼬마 소녀가 그의 앞에 나타났다.

"……!"

좀처럼 놀라는 법이 없는 로건이지만 이번만은 예외였다. 그가 뒷걸음질 치며 반사적으로 손을 허리춤으로 가져갔다.

"야, 너 지금 검 뽑으려고 했냐?"

그 틈을 놓치지 않고 에이단이 비웃자 일라이가 그러지 말라는 듯 팔꿈치로 녀석의 어깨를 쳤다.

"아, 왜? 너도 방금 봤잖아!"

"우리도 처음엔 만만치 않게 놀랐거든? 그새 잊었냐?"

"그래도 난 칼을 찾지는 않았다! 어린애한테 그게 할 짓이냐?"

"로건은 그냥 본능대로 움직인 거야. 실제로 검을 차고 있지도 않잖아."

"그러니까 하는 말이야! 진짜로 검을 들었으면 어쩔 뻔했느냐고! 우리 이노센트랑 안녕할 수도 있었다니까!"

"안 되겠다. 이 녀석 입은 내가 막고 있을 테니 바울, 계속해."

결국 일라이가 직접 손을 사용해 에이단의 입을 틀어막았다. 에이단이 버둥거리며 몸부림을 쳐 봤지만, 작은 녀석의 체구로 일라이를 벗어나기란 꽤 험난해 보였다.

"이노센트, 내 친구 로건이야. 혹시 기억나?"

"응? 기억?"

"어려서부터 같이 많이 놀았거든."

"전혀 모르겠는데."

"그래……?"

살짝 기대를 해 봤는데, 역시나 이노센트의 기억엔 바율뿐이었다.

"로건, 이쪽은 이노센트. 내가 말했던 물의 정령이야. 인사해."

인사를 하라고?

공중에 붕 뜬 채로 자신을 보며 생글생글 웃고 있는 아이를 마주한 순간 로건은 그저 멍했다.

정령은 그가 상상했던 것보다 훨씬 더 이질적인 존재였다. 분명 눈앞에서 살아 움직이고 있는데, 이 세상이 아닌 다른 세계에 있다는 느낌을 받았다.

손을 뻗어도 왠지 닿을 수 없을 것 같은 기분. 기드온을 실제로 만난다면 꼭 이런 느낌일 것 같았다.

"로건?"

"아, 미안. 좀 놀라서…… 기드온과 비슷하다는 생각을 막 하던 참이야."

"맞다! 로건한테는 기드온이 있었지? 그럼 이해하기 편하겠다."

"응, 정령처럼 볼 수는 없지만 느낌은 비슷한 것 같아."

"궁금하다. 기드온은 날 기억하고 있을까?"

"당연하지. 이미 말했는걸, 너와 만났다고."

"정말?"

"기드온이 누군데?"

"그래, 기드온이 누구냐? 승마장에서도 말했던 이름, 그거 맞지?"

"기드온이면 남자 같은데? 로건, 네 친구냐?"

반색하며 기뻐하는 바율의 뒤를 이어 우르르 질문들이 쏟아졌다.

"엇, 그게 말이지……."

바율에게 이노센트가 그렇듯 로건에게도 기드온은 쉽게 말할 수 있는 존재가 아니었다. 괜한 말을 꺼내서 로건을 곤란하게 만든 건 아닌지 뒤늦게 미안한 마음이 들었다.

"괜찮아, 바율."

그런 바율의 마음을 읽었는지 로건이 괜찮다며 품에서 단도를 꺼냈다.

"직접 보여 주려고?"

"너도 그랬잖아."

바율의 비밀을 알고 있는 녀석들이었다. 그것을 지킬 줄 안다면 이 또한 지킬 수 있으리라.

"이거야."
"갑자기 웬 칼?"
기드온이 누구냐고 물었는데 다짜고짜 칼을 내민다.
"설마 너 칼에다가 이름이라도 붙인 거냐?"
"근데 무슨 칼이 이렇게 시꺼메? 불에 태우기라도 한 거야?"
"기드온의 목소리는 들을 수 있는 사람만 들을 수 있어. 정령처럼 내가 원한다고 해서 들려줄 수 있는 게 아니야."
"지금 얘 뭐라니? 라이, 넌 알아듣겠어?"
"아니, 모르겠는데."
"난 알겠어! 안녕, 기드온!"
이노센트가 일라이와 에이단을 향해 '바보들, 그런 것도 몰라?' 하며 혀를 삐죽 내밀더니 단도에 대고 깜찍하게 인사했다.
"이노센트, 너 지금 우리한테 바보라고 한 거야?"
"이 꼬맹이가 어디 버릇없이……!"
단도에 희미한 떨림이 생긴 건 그때였다. 마치 울부짖듯 부르르 요동치던 단도에서 서서히 빛이 새어 나왔다. 눈이 부실 정도는 아니었다. 그저 어둠을 약하게 밝힐 만한, 어슴푸레하면서도 흐릿한 빛깔이었다.
"설명하는 것보다 듣는 게 빠르겠지. 기드온, 인사해. 다들었겠지만 바율과 그의 친구들이야."

—바율…….

로건의 소개가 끝나자마자였다. 이질적인 음성이 방 한 가득 울려 퍼졌다.

"기드온?"

—그래…… 오랜만이로구나…….

"와아, 기드온!"

반가움에 바율의 목청이 커졌다. 기억하던 그대로였다. 거칠고 탁하지만, 애정이 담긴 목소리. 잠시 어린 시절로 돌아간 듯한 착각마저 들었다.

"설마…… 에고 소드?"

아무 생각 없던 일라이의 머릿속에 불현듯 단어 하나가 떠올랐다.

에고 소드.

일명 자아를 가진 검.

누구는 영혼이 담긴 검이라고도 하고 누구는 귀신이 들린 검이라고도 한다.

에고 소드는 자아를 지닌 검답게 스스로 알아서 주인을 선택하는데, 만일 그것을 인정하지 못하고 억지로 가지려 든다면 에고 소드의 강한 정신력에 잡아먹혀 광인이 되거나, 피를 탐하는 악인이 되기도 한다.

반대로 에고 소드의 마음을 얻어 그 주인이 된다면 이름난 기사가 되는 지름길이요, 잘하면 란데르트 공작과 같은 마에스터의 경지에 오를 수도 있었다.

에고 소드가 만들어지게 되는 경위는 아직도 의견이 분분하다. 생에 어떤 미련을 버리지 못해 스스로 혼을 가두었다는 설도 있고, 검을 만들던 장인의 정성이 지나쳐 힘에 이끌려 빨려 들어갔다는 등 기이하고 신비한 이야기가 많았다.

어찌 되었든 에고 소드란 매우 특별하면서도 위험천만한 물건이었다.

기사라면 누구나 탐이 날 수밖에 없는, 그러나 얻기가 하늘의 별 따기만큼이나 힘든, 그리고 그것에 선택되기란 더 어려운 꿈의 검.

그것이 고작 아카데미 일년생인 로건의 손에 들려 있는 것이었다.

"라이, 에고 소드라니? 저 칼이 에고 소드란 거야?"

에고 소드라면 에이단도 잘 안다. 기사학부생으로서 에고 소드를 갖고 싶지 않은 학생은 아마 없을 것이다. 그리고 그건 에이단도 마찬가지였다.

"어른 남자 같아."

"…어른 남자?"

"목소리 못 들었어?"

"어, 전혀."

좀 전부터 바율이 홀로 떠드는 이상한 장면만 구경하던 참이었다.

"말했잖아. 에고 소드의 소리는 들을 수 있는 사람에게만 들린다고."

"뭐야? 그럼 나만 못 듣는다는 거야? 너희는 다 듣는데?"

이 무슨 억울한 상황이란 말인가. 에고 소드도 에고 소드지만, 자신만 홀로 목소리를 듣지 못한다는 사실에 에이단이 씩씩거렸다.

바율과 일라이가 미안하다는 듯 바라보자 기분이 더 나빴다.

"퀸, 너는? 너도 들려?"

"……."

퀸은 대답하지 않았다. 그저 관심 없다는 듯 고개만 돌릴 뿐.

'다행히 왕따는 아니군.'

동지를 발견하자 울컥하던 마음이 그제야 조금씩 가라앉는다.

"그깟 목소리 좀 못 들으면 어떠냐? 내가 치사해서 안 듣는다!"

못 듣는 게 아니라 안 듣는 거야!

정신 건강을 위해서라도 이렇게 생각하는 편이 좋았다. 다들 에이단을 신경 쓰느라 보지 못했지만, 퀸의 고개가 아주 살짝 위아래로 움직였다. 에이단의 말에 깊이 동감한다는 듯.

—시끄러운 아이로군.

"기드온의 목소리를 듣지 못해서 그래요."

행여 기드온이 기분 상할까 싶어 바율이 나서 해명했다.

"지금 내 얘기하는 거지? 왜? 뭐라는데!"

"시끄럽대!"

"뭐가 어째?"

이노센트가 에이단에게로 획 날아가 녀석의 귀에 대고 흉내 냈다.

"시끄러운 아이로군. 이랬다니까?"

"우 씨, 말투는 어땠는데? 막 짜증 내는 투였어?"

그랬으면 절대 가만 안 두겠다는 얼굴이다.

"아니야, 에이단. 오해하지 마. 기드온은 그냥 지금 상황이 신기해서 그래."

"신기하다고? 뭐가?"

"그야 로건이 사람들 있는 데서 기드온을 불러냈으니까. 아마 처음일걸? 맞지, 로건?"

"궁금해하는 것 같아서."

—이처럼 많은 이들 앞에서 날 불러내다니…… 희한하기는 하군…….

"정말? 앞으로는 자주 불러 달라고 해! 그래서 나랑 같이 놀자. 응응?"

목소리뿐인 상대인데도 기드온이 어지간히 마음에 든 모양이었다. 이노센트가 뒤집어질 듯 웃어 가며 기드온의 주위를 뱅뱅 돌았다.

—물의 정령이라…… 후우, 매우 뜻밖이로구나…….

"…기드온?"

마치 원래부터 정령을 알고 있었던 듯한 말투에 바율은 물론 일라이와 로건까지 깜짝 놀랐다. 왜 생각하지 못했을까. 대부분의 에고 소드는 오랜 세월을 살아왔다. 기드온 역시 그럴 것이다. 정령에 대해 뭔가를 알고 있다면 그야말로 적임자였다.

"기드온, 매우 뜻밖이라니 그게 무슨 뜻이에요?"

—멸망한 일족을…… 다시 만나게 되어…… 반갑다는 말이다…….

"기드온, 예전에도 정령을 본 적 있어?"

정령사인 바율도 아직 정령에 대해 모르는 게 많다고 들었다. 기드온이 아는 것이 있다면 바율에게 도움이 될 터였다.

—아니, 본 적은 없다…… 얘기를 들었을 뿐…….

"어떤 얘기?"

—정령왕이…… 무언가를 남겼다는…… 이야기를 들었다…….

"정령왕이요? 정령에게도 왕이 있나요?"

"왕은 어디에나 있잖아. 여기 인간 세상에도, 저기 인어국에도. 정령계라고 없겠어?"

일라이의 친절한 설명이 이어졌다.

"물의 정령왕, 불의 정령왕, 바람의 정령왕, 땅의 정령왕. 각 사대 원소마다 하나씩 있다고 보면 돼."

"아."

바율이 고개를 끄덕이자 이번엔 일라이가 물었다.

"근데 정령왕이 남겼다는 게 뭔가요?"

—그건…… 모른다…… 다만 멸망한 정령계를…… 부활시키는…… 무엇과 관계가 있다고 했다…….

"정령계의 부활? 정말 그게 가능한 겁니까?"

오랜 기간 맥이 끊겼던 정령사가 다시 생겨났으니 정령계 또한 깨어나고 있다고 여기는 것도 그리 이상하지는 않은 일이었다. 하나 그건 어디까지나 추측이지, 확실한 것은 아니었다.

"무슨 얘기들을 하는 거야? 똑바로 해석 좀 해 봐!"

어느 틈엔가 퀸이 바짝 다가와 있었다. 정령계의 멸망으로 가장 타격을 받은 곳을 꼽으라면 인어국을 빠뜨릴 수 없다. 갖은 모욕을 당하면서도 퀸이 이곳에서 버티는 건 망해가는 조국의 부흥을 되찾기 위해서였다.

정령계의 부활.

퀸에게 그것보다 중요한 것은 없다고 봐야 했다.

"정령왕이 뭘 남겼는데? 어떻게 하면 정령계가 다시 살아날 수 있는 건데? 저 칼이 뭐라는 거야?"

"퀸, 진정해. 기드온도 자세히 아는 것 같지는 않아."

"정령계의 부활을 위해 정령왕이 뭔가를 남긴 것 같은데, 그게 뭔지는 모른다! 요약하면 이거야."

흥분하는 퀸의 심정을 충분히 이해할 수 있었다. 일라이가 짧고 간결하게 핵심을 전달하자 퀸이 들리지도 않는 상대에게 직접 물었다.

"그럼 그걸 찾으려면 어떡해야 하지? 그건 혹시 알고 있습니까?"

—미안하군…….

바율이 대신 고개를 젓자 퀸의 얼굴에 실망감이 묻어났다. 퀸과는 어울리지 않는 낯선 모습이었다.

"퀸, 우리가 도울게!"

"돕다니?"

"같이 찾아보자. 다 같이 찾다 보면 분명 뭔가 알아낼 수 있을 거야. 그렇지, 애들아?"

"암, 당연하지!"

"세상에서 하나뿐인 정령사와 함께인데 뭔들 못 찾겠냐?"

"퀸, 내 능력 알지?"

에이단이 턱을 들며 으스대자 퀸이 어이없다는 표정을 지었다.

"나도 돕지. 도울 일이 있다면."

바율과 친구들의 끈끈한 대화를 듣고 있으니 왠지 가만히 있을 수가 없었다. 인어국에 대해 아는 것은 없지만 로건도 기꺼이 돕고 싶었다.

"나도! 나도 도와줄게!"

이노센트까지 손을 번쩍 들며 날아오더니 퀸에게 약속했다. 천진난만한 녀석의 웃음소리가 기분 좋게 메아리쳤다.

"퀸은 좋겠네. 도와주겠다는 사람 많아서."

"그러게나 말이야. 과연 저 까칠한 녀석이 고마워는 할까 모르겠다만."

"혹시 아냐? 일이 엄청 잘 풀려서 저 자식이 눈물 쏟으며 고맙다고 말할지. 와, 상상하니까 되게 재밌을 것 같다. 완전 신기하겠어!"

"그럴 일은 절대 일어나지 않아."

그러니 상상도 하지 마.

에이단을 노려보는 퀸의 두 눈이 그렇게 말했다.

"정말 그럴까?"

"우리 내기할까?"

"무슨 내기? 퀸이 우나, 안 우나?"

"그럴 일 없을 거라고 했지!"

"난 운다에 한 표!"

"나는 안 운다. 바율 넌?"

"너희 자꾸 쓸데없는 짓 할래?"

"야, 바율. 넌 어디다가 걸 거야? 우리 이거 진짜 내기다! 이긴 사람 소원 들어주기! 무조건 들어주기! 콜?"

"나는 콜!"

"바율 넌? 해, 안 해?"

"다들 내 말 안 들려? 그만하라니까!"

"…나도 그럼 운다에 걸게."

"바율, 너……!"

배신감에 부들거리는 퀸의 시선을 바율이 은근슬쩍 고개를 돌리며 회피했다.

"아싸, 운다가 둘이다. 이노센트, 네가 증인이야. 잘 기억하고 있다가 나중에 우기는 사람 있으면 증언해 줘야 해. 알았지?"

"내가? 왜?"

"왜긴 왜야, 너도 퀸 도와준다며!"

"아, 맞다. 그랬지? 알았어. 운다, 운다, 안 운다. 입력 완료!"

억지 논리에도 이상함을 느끼지 못한 채 이노센트가 해맑게 웃으며 바율과 에이단, 일라이를 순서대로 찍었다. 그런 녀석에게선 비장함마저 흘렀다.

"잘들 노는군."

눈앞에서 벌어지고 있는 작금의 상황에 퀸은 그저 기가 막혔다. 내기의 대상이 자신인 것도 우습지만, 그 조항이 울 것이냐, 울지 않을 것이냐 라니 헛웃음만 나온다. 다들 제정신이 아니었다.

"퀸, 너 꼭 울어야 한다? 그런 상황에서 눈물을 흘리지 않는 건 너무 삭막한 거라고!"

"무슨 소리! 평소처럼 해, 평소처럼! 네가 얼마나 차가운 녀석이냐? 바늘로 찔러도 눈물 한 방울 안 흐를 것처럼 생겨 놓고, 울면 되겠어, 안 되겠어? 넌 그냥 하던 대로 해. 그럼 돼!"

"이것들이 진짜! 죽고 싶냐? 사는 게 재미없지? 물 화살 한 대씩 확 날려 줄까?"

퀸의 경고가 끝나기 무섭게 그의 뒤로 물 화살이 둥실 떠올랐다. 일전에 방목장에서 보았던 것보다 족히 두 배는 커 보였다.

"퀸! 라이랑 에이단은 그냥 장난치는 거야! 원래 이런 장난 자주 하잖아. 우리 물 화살은 치우고 얘기하자. 응?"

"내기는 너도 했지, 아마?"

"나, 나는 그냥 농담으로……."

퀸의 고운 이마에 핏대가 솟았다. 바율은 찔끔했지만 퀸을 말릴 수 있는 건 자신뿐이라는 것을 알기에 용기를 냈다.

"있잖아, 퀸. 지금 여긴 방 안이고……."

희극의 한 장면이라고 해야 할까? 일라이와 에이단은 퀸을 자극하고, 바율은 그런 그들을 말리다가 분노하는 퀸을 진정시키고. 그렇게 계속 일련의 모습들이 되풀이되고 있었다.

그 모든 게 로건은 신기하면서도 부러웠다. 꼭 예전의 자신과 바율, 바일을 보는 것 같았기 때문이다. 그때도 지금처럼 웃고 떠들고 장난치며 하루를 보냈다. 매 순간이 즐겁고 소중한 추억으로 남아 있다.

'다행이야.'

내심 질투가 나기도 하지만 좋은 친구들을 사귄 것 같아 안심이 된다. 환하게 웃는 녀석을 보니 마음도 한결 가볍다.

'말하지 못해 미안해…….'

결국 해야 할 말을 하지 못하고 돌아간다.

네가 이렇게 밝게 웃으니까.

네가 충격을 조금이라도 덜 받을 수 있을 때가 되면.

그때 말할게.

언젠가, 꼭.

스스로에게 비겁한 핑계를 대며 로건은 홀로 다짐했다. 기드온만이 그의 마음을 이해한다는 듯 품속에서 은은한 빛을 내뿜었다.

Chapter 3.
첫 시험

1.

뎅— 뎅—

"그만! 모두 펜 내려놓고 시험지 제출한다!"

종이 울림과 동시에 반스 교수가 지시봉을 내리치며 시험 종료를 알렸다.

"으아, 교수님! 1분만요!"

"잠깐 이거 하나만 고칠게요!"

"시끄럽다! 당장들 일어나지 못해?"

여기저기서 탄식에 가까운 애원의 소리가 들렸지만, 반스 교수는 강경했다. 그가 미적대는 아이들을 지시봉으로 겨누며 경고했다.

"그러게 미리미리 공부했어야지! 지금 당장 시험지에서 손 떼지 않으면 영점 처리하도록 하겠다!"

허투루 하는 말이 아니었다. 실제로 반스 교수는 캐링스턴에서 엄격하기로 소문난 교수였고, 절대 봐주는 법이 없었다. 매해 유급생을 가장 많이 배출하는 장본인이기도 했다.

"어서!"

앞서 선배들로부터 그 정보를 전해 들은 바, 아이들의 움직임이 신속해졌다.

"에이단! 여기!"

바율과 일라이는 일찌감치 시험을 끝내고 광장에서 볕을 쬐는 중이었다. 둘의 가국어 실력이 상위권 정도라면 에이단은 중하위권 수준이었다.

"야, 너희 마지막 문제 답 썼어? 아, 썼으니까 여기 나왔겠구나."

친구들을 보자마자 시험 얘기부터 꺼내는 에이단의 표정이 좋지 않았다.

"그 빈칸 채우기 말이야?"

"어, 반말을 존댓말로 바꿔야 한다는 건 알겠는데 영 생각이 안 나잖아. 아우, 가국어 왜 이렇게 어렵냐? 하도 머리를 썼더니 뇌가 터질 것 같다!"

에이단이 인상을 구기며 머리를 흔들었다.

"나랑 가국어는 맞질 않아. 대체 누가 나한테 이딴 걸 배우라고 한 거지?"

"제2외국어는 선택이거든? 네가 골라 놓고 누굴 원망하냐?"

캐링스턴 아카데미의 학생이라면 반드시 외국어 수업을 하나 이상씩은 배워야 했다. 바율은 편입생이라 로티어스 교수가 정해 주었지만, 원래는 신입생들이 직접 택하게 되어 있다.

선택한 언어가 마음에 들지 않으면 다음 학기에 바꿀 수도 있긴 하나, 수료증을 받으려면 학년 말에 시행하는 최종 시험을 통과해야 했다. 때문에 중간에 다른 언어로 바꾸는 것은 모험이 될 수도 있었다. 참고로 수료증은 훗날 그 언어를 가르칠 수 있는 자격증으로 쓰이기도 했다.

"요즘 가국어 엄청 뜨고 있는 거 몰라? 로티어스 교수님도 그래서 이 녀석 수업 표에 가국어 넣으신 거잖아. 좀 더 노력해 봐."

"이건 노력을 한다고 해서 될 문제가 아니야. 철자 읽는 것만도 힘들어 죽겠는데, 무슨 문제를 풀겠냐? 한 단어에 뜻이 왜 그렇게 많은 건데? 어순도 마음에 안 들어. 과거형은 더 짜증 나고. 암튼 너희는 좋겠다. 가국어 잘해서!"

"너답지 않게 자신감이 너무 떨어진 거 아니냐? 정히 그러면 이제라도 다른 걸로 바꿔 보던가."

"나도 그러고 싶은데, 딱히 배울 만한 게 없더라고."

"배울 만한 게 왜 없어? 넌 기사학부니까 데나리드어도 괜찮지 않아?"

십년전쟁은 끝났지만 데나리드 왕국에는 아직 제국의 군사가 주둔하고 있었다. 기사 작위에 데나리드어까지 할 수 있다면 데나리드 왕국으로 파병을 가기에 용이하다. 그것은 훗날 에이단의 경력에 큰 보탬이 될 수도 있다.

"그건 이미 뗐지."

"뭔 뜻이냐? 데나리드어를 잘한다는 얘기냐?"

"어릴 때부터 배웠거든. 우리 집이 상인 집안이잖아. 쓰는 건 좀 어려운데, 읽고 말하기는 쉬워."

"…이건 혹시나 해서 묻는 말인데, 다른 외국어도 할 줄 아는 거 있어?"

"음, 안도라어랑 칼세돈어 정도?"

"야! 너 지금 장난치냐? 앙?"

일라이가 버럭 소리치자 에이단이 눈을 동그랗게 떴다.

"아이, 깜짝이야! 왜 갑자기 소리는 질러? 내가 뭘 어쨌다고!"

"우리보고 가국어 잘해서 부럽다며! 근데 너는 무려 삼

개 국어를 하고 있잖아! 너 지금 잘난 척하는 거지? 그치?"

"아니거든! 난 진짜로 너희 둘이 부럽다고! 가국어는 나랑 안 맞는다니까! 수료증 따기는 그른 것 같단 말이야!"

"이게 진짜 끝까지!"

"뭐야? 왜 이렇게 시끄러워?"

"퀸!"

일라이와 에이단의 목청이 점점 높아지려는 찰나 퀸이 시험을 마치고 나타났다.

"도서관 가서 공부하자며? 근데 분위기가 왜 이래? 안 갈 거야?"

"아니야, 가야지! 에이단, 라이, 가자!"

오늘은 도서관에서 다 같이 공부를 하기로 한 날이었다. 싫다는 퀸을 설득하는 데 장장 이틀이나 걸렸다. 머뭇거릴 틈이 없다. 바울이 양팔로 일라이와 에이단을 붙들고 도서관으로 향했다.

"퀸, 너 마침 잘 왔다. 에이단, 이 녀석이 말이지……."

"나는 아니라니까! 그렇게 말하면 내가 정말 억울하다고! 퀸, 잘 들어 봐. 어떻게 된 거냐면 말이야……."

도서관으로 가면서도 둘은 계속 서로의 주장을 굽히지 않았다. 퀸은 별로 주의 깊게 듣는 것 같지도 않은데 열띤 설명을 하며 본인의 편을 들어 주길 바랐다.

"윽! 근데 이거 무슨 냄새냐?"

고약한 냄새가 코를 찌른 것은 그때였다.

"얘들아아아!"

그리고 갑자기 우렁찬 음성과 함께 누군가 등 뒤에서 일행을 덮쳤다.

"앗!"

문제는 그 힘이 제법 셌던 것이 첫째요, 깜짝 놀란 것이 두 번째였다. 걸음을 뻗던 바율의 두 발이 엉키면서 그만 균형을 잃고 휘청였다. 다급히 손을 내밀었지만, 친구들에게 미처 닿지 못하고 빈 허공만 긁었다.

"바율!"

결국 바율은 볼썽사납게 넘어졌다. 돌바닥이 아닌 것이 그나마 다행이라면 다행이었지만, 땅의 상태가 고르지 못해서 상처 한두 개 정도는 피하기 어려울 듯했다.

"으아악, 바율!"

난데없이 튀어나와 이 사태를 만든 것은 다름 아닌 슈빅이었다. 녀석이 하얗게 질려서는 말까지 더듬거렸다.

"괘, 괜찮아? 안 다쳤어?"

바율이 정면으로 엎어지는 바람에 얼굴을 볼 수가 없었다. 쓰러진 바율이 미동도 하지 않자 순간 다들 덜컹했다.

"설마 또 기절한 거야?"

"아, 아니지?"

"바율! 바율!"

일라이가 황급히 몸을 숙이고 바율을 살폈다.

"아, 안 일어나면 어떡하지?"

불안감에 슈빅이 아랫입술을 잘근 깨물었다.

"어어, 라이…… 나 괜찮아……."

다행히 바율은 무사했다. 그가 손을 들어 뒤늦게나마 무사함을 알리자 슈빅이 살았다는 듯 안도의 숨을 길게 내쉬었다.

"고마워."

일라이가 내민 손을 잡고 바율이 일어섰다.

"괜찮냐?"

"으응, 흙만 조금 묻었네."

어색한 웃음과 함께 바율이 교복 상의와 바지에 묻은 흙을 털어 냈다.

"바율, 너 진짜 괜찮아?"

"슈빅, 너였구나?"

그제야 범인의 정체를 알았다. 여전히 불안한지 바율을 향한 슈빅의 눈동자가 정처 없이 흔들렸다.

"어디 다친 데 없어? 무릎 까졌을 것 같은데. 손은? 손은 멀쩡해?"

"응, 보다시피."

바율은 친히 손바닥을 들어 친구들에게 보여 줬다.

"봐, 괜찮지? 아무런 상처도 없어."

무릎을 구부리며 제자리걸음까지 선보였다. 바람에 날려 머리만 살짝 엉클어졌을 뿐 넘어지기 전과 달라진 것이 없었다.

"희한하네. 바닥이 울퉁불퉁해서 까지고 난리 날 줄 알았는데, 어떻게 하나도 안 다쳤지?"

"에이단! 넌 무슨 그런 무서운 말을 내뱉냐? 넌 바율이 다쳤으면 좋겠냐? 그럼 내가 뭐가 되는데!"

"아니, 너희도 넘어지는 거 봤잖아. 난 그냥 이상하다는 거지. 너무 말짱하잖아."

에이단만이 아니었다. 일라이와 퀸의 시선도 의문에 차 있었다.

그러나 놀란 걸로 치자면 당사자인 바율이 더하면 더했지, 절대 덜하지 않았다. 침대처럼 폭신하던 바닥의 감촉이 아직도 믿기지가 않는다. 아니, 이해가 안 간다. 아픔은커녕 구름에 둥실 떠오르는 듯한 느낌마저 들었다.

"바닥이 너무 부드러워서 나도 깜짝 놀랐어. 나야말로 몇 군데 다칠 줄 알았거든. 넘어졌다는 충격보다 그 사실에 놀라서 잠시 멍했던 거야."

"…바닥이 부드러웠다고?"

"응, 마치 침대처럼. 이상하지?"

지면을 다시 짚어 보았으나 차갑고 딱딱한 감촉만 전해질 뿐이었다.

"그러게 슈빅 넌 왜 갑자기 나타나서 사람을 놀라게 하고 그러냐? 안 다쳐서 다행이지, 큰일 날 뻔했잖아!"

"큰일 안 났잖아. 그리고 내가 뭐, 그러고 싶어서 그랬냐? 니들이 단체로 몰려가길래 뭔가 있겠다 싶어서 쫓다가 그랬지."

"그건 또 뭔 소리래? 우리가 몰려다니는 게 어디 어제오늘 일이야?"

"그건 그렇지. 근데 방향이 이상하잖아? 여기 식당이 있어, 뭐가 있어? 그리고 지금은 시험 기간이거든?"

녀석이 돌연 가자미눈을 뜨며 에이단에게 바투 다가섰다.

"내일 있을 시험이랑 관계된 거지? 족보라도 얻었냐? 엉?"

"족보 같은 소리 하네. 그냥 도서관 가는 거거든!"

"으잉? 도서관? 여기에 뭔 도서관?"

"그런 게 있단다. 평소 공부를 해 봤어야 알지."

"사람은 누구나 잘하는 게 한 가지씩은 있다는 말도 모르냐? 그게 꼭 공부일 필요는 없다고!"

"암, 그렇기야 하지. 근데 지금 우리 신분이 공부하는 학생이란 걸 잊지 않았으면 좋겠구나, 친구야."

"비꼬는 거지? 어째 말투가 좀 그렇다?"

"그렇게 들렸어? 그랬다면 제대로 들은 게 맞아."

"뭐라고? 너!"

"그러니까 고만 정신 차리고 시험공부 열심히 하란 얘기다. 꼴찌는 면해야 하지 않겠냐?"

"나 그 정도는 아니거든!"

"그거야 결과가 나와 봐야 알지."

"헐! 잔인한 놈. 그렇게 아무렇지 않은 얼굴로 친구의 아픈 상처를 건드리다니. 그래, 너 잘났다! 잘 먹고 잘살아라!"

"가려고?"

"그래! 내가 치사해서……!"

"시험 범위 좀 짚어 주려고 했는데 안 되겠네. 알았다, 나중에……."

"친구야! 진짜 너밖에 없다! 내가 충성을 다할게!"

돌아서던 슈빅이 세상 착한 얼굴로 에이단의 손을 붙잡았다. 말이 많아서 그렇지, 역시나 미워할 수 없는 녀석이었다.

"알았으니까 조용히 따라오셔. 시간 없으니까."

가뜩이나 가국어 시험을 망쳐서 기분이 별로였다. 다음 학기에 장학금을 받으려면 다른 과목에서 꼭 만회해야 한다. 여기서 이러고 노닥거릴 시간이 없었다.

툭툭!

"어쨌든 무사해서 다행이다."

바율의 어깨를 두어 번 두드리고는 에이단이 비장한 각오로 앞장서 걸어갔다.

"우리도 그만 갈까?"

바율이 전방을 가리켰다.

"신전에서 키우는 약초밭인데, 여기가 지름길이야. 멀지 않으니까 냄새나도 좀만 참아."

얼결에 합류한 슈빅까지 그렇게 총 다섯이 도서관으로 향했다. 그러나 도서관에 도착했을 땐 둘이 더 늘어나 일곱이 되었다.

"뭐야, 재 누가 불렀어?"

로건이 먼저 와서 그들을 기다리고 있었던 것이다.

"저기 라나사도 있는데?"

그리고 그들과 조금 떨어진 곳. 도서관의 한구석에서 라나사가 홀로 학업에 열중하고 있었다.

2.

"왔어, 바율?"

"바율, 너였어?"

로건이 반갑게 인사한 반면, 에이단은 눈을 흘기며 바율을 쏘아봤다. 어떻게 네가 그럴 수 있냐는 배신감에 찬 눈빛이었다.

"에이단, 그게……."

"내가 멋대로 온 거야."

바율과 시간을 보내고 싶었을 뿐, 녀석을 곤란하게 만들려고 한 것은 아니었다.

"바율은 몰랐어. 방과 후 여기서 공부한다는 얘기를 듣고 내가 그냥 온 거야. 그러니 괜한 오해 마."

"그래, 그래! 너 같은 수재랑 같이 공부하면 우리야 좋지! 도서관이 개인 소유도 아니고, 학생이면 누구나 들어올 수 있는 곳이잖아? 괜찮아, 괜찮아!"

방금 전까지만 해도 에이단에게 충성을 맹세하던 슈빅이 눈치 없이 로건을 열렬히 환영했다. 그에 에이단이 무섭게 노려보았지만, 슈빅은 가방을 내려놓으며 능글맞게 웃을 뿐이었다.

"그거 나 들으라는 소리지?"

맞는 말인데 짜증이 나는 건 어쩔 수 없다. 에이단이 신경질적으로 의자를 확 잡아끌자 듣기 싫은 소음이 도서관에 번졌다.

"으앗, 귀 따가워! 야, 넌 도서관 상식도 모르냐? 시끄럽잖아!"

"너한테서 그런 얘기 듣고 싶지 않거든? 좀 전에 사고 친 게 누군데."

구시렁거리며 에이단은 일단 자리에 앉았다.

'저 자식을 어떻게 내보내지?'

자연스레 시선이 로건에게로 갔다. 녀석은 어떨지 모르지만, 에이단은 로건과 같은 공간에서 함께 공부한다는 상상은 단 한 번도 해 본 적이 없었다. 보아하니 바율을 피하는 건 이제 관두기로 한 모양인데, 계속 이렇게 지낼 수는 없다. 여기서 무슨 수를 내지 않으면 저 꼴 보기 싫은 면상을 계속 보게 될 것이다.

'그랬다간 내가 제 명에 못 살지. 아, 무슨 방법이 없을까?'

"갑자기 왜 조용해졌지?"

한바탕 난리라도 피울 줄 알았던 에이단이 얌전해지자 외려 더 불안하다. 시험공부를 하러 왔을 뿐인데 뭐가 이다지도 다사다난하단 말인가. 피곤한 하루였다.

"어찌 되었든 우리도 일단 앉자."

바율과 일라이가 나란히 로건의 옆에, 그 반대편으로 퀸이 마주 보고 앉았다.

"바율, 이거 한번 봐 볼래?"

내일의 중요 시험은 약초학이었다. 편입생인 바율을 위해 일라이가 미리 준비한 노트를 꺼냈다.

"와아! 그 만년필 죽인다! 라이, 네 거야? 어디서 샀어?"

일라이가 정리 노트를 펼치고 막 설명을 하려는 순간, 건너편에 앉아 있던 슈빅이 탁자에 거의 배를 깔고 누우며 팔을 뻗었다.

"자세히 좀 보여 줘! 반짝반짝한 게 장난 아니다!"

"…그냥 만년필이야."

"내 생전 이런 만년필을 본 적이 없는데 그냥이라니! 얼마냐? 나 파는 곳 좀 알려 주라!"

"집에 있던 거라 나도 몰라."

"그래? 일단 줘 봐. 나 한 번만 만져 볼게!"

손을 흔들어 가며 채근하는 슈빅의 극성에 일라이가 결국 한숨을 내쉬며 쥐고 있던 만년필을 넘겼다. 일전에는 관심이 없어 의식하지 못했는데, 슈빅의 말마따나 바율이 보기에도 만년필의 생김이 꽤 화려했다.

전체적으로 은은한 은색 빛을 띠고 있는 만년필은 클립과 캡의 하단, 그리고 촉만이 황금색으로 칠해져 있었고,

만년필을 사용 시 직접적으로 손이 닿는 그립 부분에는 작은 알갱이 같은 보석들이 나란히 수놓아져 있었다.

"이거 진짜 보석은 아니지?"

"글쎄."

슈빅의 질문에 일라이가 어깨를 으쓱였다.

"하야니까 큐빅일까? 아님 다이아몬드?"

녀석이 다시 물었지만, 일라이는 묵묵부답이었다.

"어? 여기 뭐라고 쓰여 있다."

슈빅의 초점이 배럴의 끝에 맞춰졌다.

"라…… 예…… 가르…… 어! 라예가르라고 쓰여 있네!"

"라예가르?"

"응, 사람 이름인가? 라이, 누구야? 혹시 조상님? 근데 나 이 이름, 왜 이렇게 들어 본 거 같지……."

"다 봤으면 그만 돌려줘!"

이마를 찌푸리며 뭔가를 생각해 내려고 애쓰는 슈빅에게서 일라이가 차갑게 만년필을 뺏었다. 왜인지 그런 녀석의 얼굴은 조금 화가 나 보였다.

"귀중품이다 이거냐? 걱정 마라, 안 훔쳐 간다!"

입술을 삐죽이며 슈빅이 의자에 털썩 주저앉았다.

"내가 어디까지 설명했지?"

다시 관심받기 싫었는지 만년필을 소리가 날 정도로 가방 안에 툭 던지고는 일라이가 다시금 노트를 펼쳤다.

"아직. 설명하기 전이었어."

"아, 그래? 그럼 여기 좀 봐 봐."

일라이가 손가락으로 어느 한 부분을 가리켰다.

"여기 이 표시가 중요하단 뜻이거든? 뒤로 넘겨 보면 각 장마다 체크가 되어 있지? 이 부분은 꼭 반복해서 읽어 보고 암기하도록 해. 그러면 80점 이상은 충분히 맞을 수 있을 거야."

"정말? 나도, 나도 보여 줘!"

바울이 고맙다고 말하기도 전이었다. 슈빅이 또다시 탁자 위로 엎드리며 끼어들었다.

"역시 따라오기를 잘했어! 난 80점이 아니라 50점만 돼도 소원이 없겠다!"

"그건 따로 공부하지 않아도 받을 수 있는 점수 아닌가?"

"헐, 라이. 너 나를 무척 좋게 봤구나? 고맙지만 아니란다."

"…바울이 먼저야. 넌 그다음에."

"그럼! 그럼! 순서는 지켜야지. 나도 상도덕은 있다고."

아직 노트를 만져 보지도 않았건만, 슈빅은 이미 80점을 넘긴 기분이었다.

"근데 너희는 어떻게 이런 곳을 안 거야? 명색이 정보통인 난데, 이런 데가 있는 줄도 몰랐네. 분위기 엄청 특이하다!"

"아, 나도 얼마 전에 알……."

"그나저나 라나사도 우리처럼 시험공부 하러 왔을까?"

별안간 슈빅이 낮게 몸을 숙이더니 속삭였다.

"진짜 해도 너무한다. 검술 훈련할 때 빼고는 평소에도 그렇게 들입다 공부만 한다던데, 수석 자리라도 노리는 걸까?"

"어? 그건 나도……."

"로건, 너는 어때? 너도 막강한 후보잖아. 공부 많이 했어? 뭐, 너야 워낙에 기본이 탄탄하니까 걱정할 것 없겠지? 난 있잖아……."

정녕 공부를 하겠다는 것인지 말겠다는 것인지 모르겠다. 책은 꺼내지도 않고 다다다 입만 놀리는 슈빅을 보고 있자니 일라이는 뒷골이 훅 당겼다.

사람이라곤 일곱이 다지만, 엄연한 도서관이었다. 정숙해야 할 장소에서 이렇듯 떠드는 건 민폐이며 무개념한 짓이다. 갑자기 나타나 놀라게 한 것도 그렇고, 여러모로 도움이 안 되는 녀석이었다.

탁!

일라이가 결심한 듯 노트를 덮었다. 슈빅을 내보내든가, 자신들이 자리를 옮기든가 둘 중 하나를 택해야 했다.

"그래, 우리 결투하자!"

에이단의 긴 침묵이 끝난 것도 그때였다.

"로건, 승부다!"

녀석이 발딱 일어서더니 로건에게 돌연 결투를 신청했다.

"무슨 결투? 지금 여기서?"

"넌 비켜 봐."

참견하는 슈빅을 밀어내며 에이단이 도도하게 턱을 치켜들었다.

"승마 실기 평가는 비겼지만, 아직 이론 시험이 많이 남았잖아? 모든 과목의 점수를 합산해서 높은 쪽이 이기는 거야. 진 사람이 상대방 눈에 안 띄게 숨어 다니기! 어때?"

"에이단, 무슨 그런……."

"싫어."

바율과 로건이 거의 동시에 내뱉었다. 나름 심사숙고 끝에 내린 결정을 로건이 단박에 거절하자 에이단의 얼굴이 일그러졌다.

"왜 싫은데? 너도 나 안 보고 살면 좋을 거 아냐!"

"난 상관없는데."

"뭐……?"

"너 봐도 괜찮다고."

로건의 황금색 눈동자가 에이단을 바라보며 또렷이 반짝였다.

"…어, 어째서 괜찮은 건데!"

"푸웁!"

생각지도 못한 답변에 당황한 에이단이 더듬대자 슈빅이 킥킥거렸다.

"우, 웃지 마!"

별일도 아닌데 빰이 붉어진다. 왜 자신이 창피한 기분이 드는 건지 알 수가 없다. 로건이 결투를 거절한 것도, 작금의 대답도 에이단의 예상에는 없던 것이었다.

"…너 혹시 질까 봐 무섭냐?"

"뭐?"

"나랑 결투해서 질까 봐 무섭냐고!"

"에이, 에이단! 그건 아니다. 로건이 뭐가 무섭겠냐? 저 자식이 마음만 먹으면 세상에 못 할 게 없을 텐데."

슈빅이 눈치 없이 또 끼어들었다.

"그럼 왜 싫은 건데? 그렇게 자신 있으면 거절할 이유가 없잖아!"

슈빅을 째려보며 에이단이 소리쳤다.

"…기회가 줄어들 것 같아서."

"기회라니?"

"널 피해 다니게 되면 바율을 만나기가 어려워질 테니까."

"그러니까 그 말은 결국 질 것 같다, 그 뜻이냐?"

"그럴 것 같지는 않은데."

"그럼 날 이길 자신 있다는 거야?"

"당연히 있겠지! 넌 그걸 무슨 질문이라고 하냐?"

대변인 납시었다. 어이없다는 듯 웃은 슈빅은 불난 집에 기름을 부어 댔다.

"너무 과묵해서 그렇지, 인물로 보나 키로 보나 로건이 많이 낫지. 암!"

"키 큰 게 뭔 대수라고! 나도 클 거거든!"

키 얘기는 에이단에게 있어서 가장 예민한 부분이었다. 나이가 한 살 어린 것도 그렇지만, 어려서부터 또래보다 작은 편이었기 때문이다.

사실 녀석의 집에도 로건과 비슷한 신체 조건의 악마가 하나 살고 있었다. 에이단이 로건을 더욱 싫어하게 된 원흉 중 하나랄까.

"로건 너는 키만 크지, 뭐 잘난 게 있냐? 바율이랑 어렸을 때부터 친했으면 다야? 나도 지금은 엄청 친하거든? 안 그래, 바율?"

"…어어, 친하지."

바율은 서둘러 고개를 끄떡거렸다. 조금이라도 늦었다간 왠지 크게 한 소리 들을 것만 같았다.

"들었지? 그러니 순순히 내 결투를 받아들이는 게 좋을 거다."

"그건 이미 싫다고 말했을 텐데."

"겁나면 겁난다고 하던가!"

"그리고……."

"그리고 뭐!"

"넌 머리가 커."

"…뭐?"

로건의 뜬금없는 얘기에 다들 순간 말문이 막혔다. 무슨 의도로 뱉은 소린지 이해가 안 갔기 때문이다. 나쁜 의미는 아닌 것 같은데 그렇다고 좋은 뜻도 아닌 것 같아 기분만 애매했다.

그래서일까. 에이단의 얼굴이 점점 붉으락푸르락 변해 갔다. 아무래도 로건에 대한 반감이 녀석의 생각을 나쁜 쪽으로 몰아간 듯했다.

"내 머리 큰 거에 네가 뭐 보태 줬어? 좋은 건 크게 보라고 해서 큰 거거든! 뭘 알지도 못하면서 헛소리야? 앙?"

"에이단, 로건은 그런 뜻이 아니라……."

"바율."

로건을 변호하려 나서는 바율을 일라이가 잡아당겼다.

"이럴 땐 그냥 가만히 있는 게 좋아."

일라이의 생각에도 딱히 로건이 에이단을 폄하하려고 한 말 같지는 않았다. 그러나 당사자인 에이단은 화가 났고,

괜히 껴들었다간 불똥이 튈 수도 있다. 더 큰 사고를 방지하는 차원에서 자신들은 조용히 입을 다무는 것이 현명한 처사였다.

"우린 이거나 읽자."

내일 볼 약초학 시험은 마법학부생인 일라이에게 특히 중요한 시험이었다. 그가 다시금 노트를 펼치며 자세를 고쳐 잡았다.

친구들이 떠들거나 말거나 퀸은 처음의 그 자세로 열심히 공부하고 있었고, 라나사 역시 다른 세상 사람처럼 이쪽으로는 고개조차 돌리지 않고 제 할 일을 하고 있었다.

시끄럽게 떠드는 건 에이단이 유일했다. 대꾸도 제대로 하지 않는 로건에게 뭐가 그리 할 말이 많은지 연신 버럭거렸다.

"근데 에이단, 넌 대체 로건이 왜 싫은 거냐? 그 이유나 좀 알자. 나 궁금해 죽겠다고!"

에이단의 고함 사이로 간간이 슈빅의 외침이 새어 나왔지만, 이번에도 그 연유를 알 수는 없었다.

Chapter 4.
야시장 PART 1

1.

드디어 첫 시험이 끝나고 주말이 찾아왔다. 시험 과목이 하나씩 끝날 때마다 울고 웃으며 제각각이던 아이들의 얼굴이 오늘만큼은 개운하다는 듯 일관된 표정을 짓고 있다.

그 속에는 바율도 있었다. 블랙과 함께 마차를 타고 저택으로 향하는 바율의 얼굴 역시 이제껏 본 적 없는 후련함을 담고 있었다.

"도련님!"

마차가 저택에 도착하자 늘 그렇듯 리타가 뛰쳐나왔다. 토요일이 오기만을 얼마나 기다렸던가. 어젯밤은 궁금해서 잠 한숨을 제대로 못 잤다.

"시험은요? 시험은 잘 보셨어요?"

"리타, 뭐가 그렇게 급해. 앞치마 떨어지겠다."

바율이 불안하게 매달린 앞치마를 지적하자 리타가 대충 묶으며 채근했다.

"지금 이게 중요한가요? 시험 보신 거 어떠셨냐고요. 많이 어려우셨어요?"

"어렵기야 어려웠지."

"헉! 정말요?"

"그치만 나름 잘 본 것 같아. 빈칸은 다 채웠거든."

"와아, 다행이다! 제가 얼마나 마음을 졸였는데요. 장하세요, 도련님!"

리타의 얼굴이 그제야 활짝 피었다. 그간 내색을 안 해서 그렇지, 행여 바율이 시험을 망치고 풀이 죽어 있으면 어쩌나 걱정이 이만저만이 아니었다.

"도련님이 잘 해내실 줄 알았어요!"

"라이가 많이 도와줬어."

"그 엄청 잘생긴 분이요? 붉은 머리칼의?"

"응, 라이가 요점 정리 노트를 빌려줬거든. 거의 거기서 문제가 나왔더라고. 운이 좋았어."

"우앙! 고마우신 분이네요. 다음에 뵈면 진짜 잘해 드려야겠다!"

"컹컹!"

리타가 일라이를 떠올리며 그리 결심하는 순간이었다. 그녀의 주위를 뱅뱅 돌고 있던 블랙이 이제 자기도 좀 보라는 듯 얼굴을 드밀며 짖어 댔다.

"그래, 블랙. 나도 반가워. 왜 이렇게 오랜만에 온 거니? 밥은 먹었어?"

"컹! 컹컹!"

"내가 너 주려고 간식 만들어 놓은 건 알아?"

"컹! 컹!"

"이번에도 안 오면 내가 다 먹어 버리려고 했는데, 이번만 봐준…… 윽! 이게 뭐야!"

블랙과 눈높이를 맞추기 위해 무릎을 굽히고 온몸으로 안아 주던 차였다. 부드러운 털의 촉감 대신 축축한 뭔가가 리타의 손에 느껴졌다.

"왜 그래, 리타?"

"으앙, 도련님! 제 손 좀 보세요!"

리타가 울상이 돼서는 일어났다. 그런 그녀의 손은 물론, 옷과 앞치마에도 정체를 알 수 없는 까만 이물질이 묻어 있었다.

"뭐가 묻은 거야? 진흙인가?"

"아뇨, 진흙은 아닌 것 같아요. 우 씨, 오늘 새로 갈아입은 옷인데!"

리타가 원망스럽다는 듯 블랙을 노려봤다.

"블랙! 몸에 이런 걸 묻히고 오면 어떡해! 까매서 전혀 몰랐잖아! 너 이게 얼마나 비싼 옷인지 알고는 있니?"

"그러게. 뭐가 묻었는데도 전혀 티가 안 나네."

까만 것도 까만 거지만, 어디에도 털의 뭉침이 없었다. 집도 없이 떠도는 신세치고 지나치게 깨끗한 느낌이었다.

"이런, 거기 도련님 교복 바지에도 묻었는데요?"

리타가 바율의 무릎 아래쪽을 가리켰다. 블랙을 끌어안고 비비지는 않은 탓인지 다행히 리타처럼 많이 묻지는 않았다.

"들어가셔서 얼른 다른 옷으로 갈아입으셔야겠어요. 교복인데 안 지워지면 어떡해요."

"빨면 없어질 거야."

사실 바율은 딱히 상관없었지만, 깔끔 병이 있는 리타를 위해선 지워지길 바라야 했다.

"좋아. 결정했어!"

블랙을 내려다보던 리타가 난데없이 외쳤다.

"결정이라니?"

어리둥절함도 잠시, 그녀가 선포했다.

"블랙! 목욕하자!"

"목욕?"

"이 녀석, 어딜 도망가!"

목욕이란 단어가 흘러나옴과 동시였다. 꼬리를 살랑거리며 맴돌기 바쁘던 녀석이 급히 방향을 바꾸는 것이 아닌가. 도망치려는 속셈이 다분히 드러나는 행동이었다.

그러나 불행히도 리타의 움직임이 좀 더 빨랐다. 재스퍼를 돌보며 다년간 키워 온 순발력이 빛을 발하는 순간이랄까.

"목욕 안 하면 간식도 안 줄 거다, 너!"

"끼잉!"

"이런 몸으로는 저택 안으로 들어갈 수도 없단 말이야! 내가 청소를 얼마나 열심히 해 놨는데!"

"끼이잉!"

"그렇게 울어도 할 수 없어. 난 지저분한 건 참아도, 더러운 건 못 참는다고!"

"리타…… 그게 그 뜻 아닌가?"

"아니요. 미묘하게 달라요. 설명은 나중에 해 드릴게요."

굳이 설명할 필요까지는 없는데 리타가 굳이 약조를 남기고는 블랙을 끌고 갔다. 녀석이 도와 달라는 듯 애처로운 눈빛을 보냈지만, 바율이 해 줄 수 있는 거라곤 손을 흔드는 것이 전부였다.

"도련님."

"이언 경."

언제부터인지 그런 바율의 옆으로 이언이 다가와 있었다. 그의 뒤로 작은아버지가 보낸 호위 기사 리자이, 리바이 형제도 보였다. 고개를 끄덕여 인사하는 그들에게 바율도 어색한 몸짓으로 마주 인사했다.

"나오다 들었습니다. 시험을 꽤 잘 보셨다고요."

"처음치고는요."

"공작 전하께서 들으시면 기뻐하실 소식이네요. 고생하셨습니다."

"다들 보는 건데요, 뭐."

첫 시험이라 긴장하긴 했지만, 시험은 학생이라면 피할 수 없는 것이었다. 곧 익숙해져야 하리라.

"그런데, 어디 나가시려고요?"

이언은 평소와 달리 외출복 차림이었다.

"항구에 좀 다녀올까 합니다. 필요한 물품이 몇 개 있는데, 마침 어제 대형 선박이 들어왔다고 해서요."

"아, 들었어요! 큰 배가 들어와서 구경거리가 엄청 많을 거라면서요? 그런 날은 야시장도 열린다고 하더라고요."

"네, 아마 며칠간 시끌벅적할 겁니다."

"그래서 저도 구경하러 가기로 했어요!"

"…네?"

"친구들과 같이요. 이따 저녁에 만나기로 했습니다. 야시장은 한 번도 가 본 적이 없어서 기대 중이에요."

얼마나 고대하고 있는지 바율의 표정에서 기대감이 고스란히 드러났다.

그 기대감을 무너뜨리고 싶지 않았으나, 이언은 바율의 안전을 책임져야 할 사람이었다. 그의 눈빛이 진중해졌다.

"죄송한 말씀이오나, 그건 어려우십니다."

"……?"

"야시장이 서는 날은 사람이 많아지는 만큼 보통 때보다 훨씬 위험합니다. 대형 선박이 들어온 날은 더더욱 그렇고요. 그러한 곳에 도련님을 보낼 순 없습니다. 이해해 주십시오."

캐링스턴에서 나고 자란 이언이었다. 다른 도시에 비해 치안이 좋은 편이라고는 하나, 언제든 예외는 있다. 큰 배가 항구에 정박한 시기가 그때였다.

평소 구경하기 어려운 진귀한 물건이 풀리고, 술과 여인에 굶주린 거친 사내들이 두둑한 돈주머니와 함께 하선한다. 그야말로 많은 이들이 바빠지는 순간이었다.

인근의 식당과 여관, 술집은 그날이 대목이요, 부근의 상단과 유곽은 말할 것도 없으며, 선원들의 주머니를 노리는 소매치기와 뒷골목 건달, 한몫 크게 잡기 위한 조직적인 무리까지. 한마디로 아비규환의 전조라고 볼 수 있었다.

그 안에서 무슨 사고가 나지 말란 보장이 없다. 그런 곳엔 애초에 가지 않는 것이 현명했다.

"이언 경, 걱정이 너무 과하신 것 같아요. 저야 처음이지만 친구들은 이미 다녀온 적이 있는 걸요. 전부 아무 일 없이 잘 놀다가 왔다고 들었습니다."

"그들은 도련님이 아니니까요. 도련님에 대한 소문이 아카데미에만 퍼진 것이 아닙니다."

감히 대 란데르트 공작가의 아들을 건드릴 만한 배짱을 가진 자들이 몇이나 있겠느냐만, 만에 하나라는 게 있다. 세상엔 정신 나간 자들이 다수 존재했고, 이언은 바율을 지킬 의무가 있었다.

"제가 어떤 말을 해도 허락해 주지 않으실 것 같은 얼굴이시네요."

"죄송합니다."

"아닙니다. 이해해요."

"감사합니다."

바율의 빠른 수긍에 이언이 마음을 놓는 찰나, 바율이 결심한 듯 덧붙였다.

"그럼 하는 수 없겠군요. 같이 가는 수밖에."

"…예?"

"전 이미 친구들과 약속을 했고, 야시장도 꼭 가 보고 싶습니다. 그러니 이언 경이 함께 가 주세요."

포기할 줄 알았던 바율이 의외의 제안을 내놓자 이언은 순간 당황했다.

"리자이 경과 리바이 경도 같이 가실 거죠?"

"물론입니다."

이런 때를 대비해서 이곳에 와 있는 이들이었다. 그들까지 하면 호위 기사가 무려 셋이다. 어떤 위급한 상황이 오더라도 이겨 낼 수 있으리라.

"출발은 5시로 할게요."

2.

"어우! 이 시꺼먼 땟국물 좀 봐! 블랙, 그동안 너 이런 몸을 하고 나한테 안기고 비볐던 거야? 너무 양심 없는 거 아니니? 숙녀에게 올 때는 몸을 깨끗이 하고 와야지!"

저택 뒤편의 수돗가에서 리타의 쩌렁쩌렁한 목소리가 울려 퍼졌다. 그런 그녀의 손에는 블랙이 목덜미가 붙잡힌 채물과 사투를 벌이고 있었다.

"가만히 좀 있어 봐! 아직 비누칠은 시작도 안 했단 말이야!"

털을 충분히 적셔야만 거품을 잘 낼 수 있다. 큰 덩치도 덩치지만 숱이 많아 물을 묻히는 데만도 꽤 시간을 잡아먹었다.

"어휴, 진짜 시커멓다! 이 때가 다 지워지려나 모르겠네!"

과장이 아니었다. 수도에서 나온 깨끗한 물이 블랙을 거치면 먹색이 되어 흘렀다.

"블랙, 너 그거 알아? 여기에도 너처럼 시커먼 놈이 하나 있는데, 내가 아주아주 정말 정말 싫어해!"

"커엉?"

"누군지 궁금하다고?"

"컹!"

"비누칠부터 하면 알려 줄게!"

블랙이 잠시 방심한 순간 리타의 손놀림이 빨라졌다. 곧 녀석의 몸이 까만 비누 거품으로 뒤덮였다.

"어어, 블랙! 반항하면 간식이고 뭐고 국물도 없다! 얌전히 있어!"

"끼이잉."

리타의 협박이 통한 건지 블랙이 신음하며 꼬랑지를 내

렸다. 역시 먹을 거 앞에는 장사가 없었다.

"그래, 그래. 착하다."

리타가 흡족한 얼굴로 고개를 주억였다.

"블랙, 내가 너니까 말해 주는 거야. 내가 오죽 답답하면 말도 못하는 네게 이런 하소연을 하겠니. 요즘 그 인간 때문에 내가 두통이 다 생겼다니까!"

"컹컹!"

"아, 누구냐고? 아마 넌 아직 본 적 없을 거야. 데스라는 아주 이상한 이름을 가진 놈인데, 이번에 새로 들어온 하인이야. 완전 밉상에 진상이지!"

얘기하다 보니 머릿속에 데스가 떠오르면서 짜증이 솟구친다. 비누칠을 하는 리타의 두 손에 적지 않은 힘이 들어갔다.

"지가 나이만 많으면 다야? 이 집, 아니 이 업계에선 내가 선배잖아! 근데 말끝마다 반말 찍찍에, 먹을 건 또 얼마나 처먹는지 주방에 음식이 남아나질 않아요, 남아나질 않아! 내가 지 먹으라고 만든 줄 알아?"

아직 저택의 요리사를 뽑질 못해서 리타가 주방까지 담당하고 있었다. 요리하는 것을 원래 좋아하기도 해서 이전까지는 별 상관없었는데, 데스가 오고 나서부터는 그 좋던 요리가 싫어지려 하고 있었다.

“어우, 진짜 꼴 보기 싫어! 어디 수습 기간만 지나 봐. 내가 아주 그냥 확! 잘라 버릴 테니까!”

“컹!”

“내가 못할 것 같아? 사적인 감정? 부당 해고? 이런 거 절대 아니거든! 수습 하인 주제에 어디서 그런 자신감이 나오는지 어느 날은 코빼기도 안 비친다니까? 블랙, 넌 그게 말이 된다고 생각하니?”

리타가 물었지만 블랙은 대답할 수 있는 상황이 아니었다. 그녀가 양동이를 들고 블랙에게 물세례를 뿌렸기 때문이다. 그러곤 또다시 비누칠에 들어갔다.

“씻을 땐 확실하게 씻어야지!”

그것이 그녀의 철학이었다.

“어쨌든 요즘 내가 완전 벼르는 중이야. 딱 하나만 걸려 봐라. 그럼 그때가 네놈이 쫓겨나는 날일 테니!”

그런 날이 온다면 진심으로 기뻐서 춤이라도 출 것 같았다.

“아마 그날이 오늘일 수도 있을걸? 하도 뺀질거려서 다락방이랑 삼 층 청소를 맡겼거든. 오늘 도련님 오시기 전까지 끝내 놓으라고 했는데, 과연 해 놨을까?”

“컹컹!”

“난 아니라고 봐. 분명 어디 구석에 처박혀서 잠이나 퍼

질러 잤겠지. 아까 가 보니까 청소는커녕 보이지도 않더라! 내가 이 목욕만 끝내면 가서 가만 안 둘 거야! 선배의 위엄을 보여 주겠어!"

리타가 전의를 불태우며 마지막 헹굼에 들어갔다.

쏴아아아.

다시 한번 양동이가 블랙의 몸을 훑었다.

"앗, 차가워! 블랙, 안경에 물 튀잖아!"

리타의 손아귀에서 벗어나 자유의 몸이 된 블랙이 제일 먼저 한 짓은 물기를 털어 내는 것이었다. 녀석이 몸을 흔들자 사방으로 물방울이 흩날렸다.

"너 진짜 이럴…… 으엥?"

기껏 목욕시켜 줬더니 은혜를 이런 식으로 갚느냐며 한 소리 하려던 리타였다. 그녀가 못 볼 것을 본 사람처럼 흠칫 몸을 떨었다.

"어, 어째서…… 털이 하얗지……?"

그랬다. 석탄처럼, 아니 석탄보다도 시꺼멓던 녀석이 어느 틈엔가 하얗게 탈바꿈되어 있었던 것이다.

도무지 믿기지가 않았다. 잘못 본 건가 싶어 안경을 벗었다가 다시 써 봤지만 변한 것이 없었다. 여전히 하얀 블랙이 리타의 눈을 채웠다.

"헐, 대체 이게 무슨……."

놀란 리타의 심정을 아는지 모르는지 녀석은 젖은 털을 핥기에만 급급했다. 기가 막힌 장면이었다.

“잠깐!”

한참을 그런 블랙을 쳐다보던 리타는 퍼뜩 한 가지 사실을 깨달았다.

“그니까…… 원래는 하얀 털이었는데 때가 묻어서 까매진 거였어? 블랙, 그런 거니?”

본인이 말하면서도 어이가 없었다. 얼마나 오랫동안 씻지 않으면 이런 일이 생길 수 있단 말인가. 아무리 생각해도 가늠이 되지 않았다.

“어? 블랙! 어디 가!”

그때 갑자기 녀석이 달리기 시작했다.

“젖은 상태로 돌아다니면 감기 걸린단 말이야! 블랙, 돌아와!”

리타가 급히 쫓아가 보았지만 녀석의 빠르기를 따라잡을 순 없었다.

“설마 화난 건가? 목욕만 끝내면 진짜 맛있는 간식 주려고 했는데. 먹고 가지.”

일부러 녀석을 위해 육포까지 만들었다. 그동안 먹었던 생고기와는 또 다른 맛이라서 분명 좋아했을 것이다. 재스퍼처럼.

"흐잉, 우리 재스퍼 보고 싶다."

블랙에게 외면당한 충격 때문인지 갑자기 재스퍼가 생각났다. 목욕 후에 특별한 간식이 주어진다는 것을 아는 녀석은 오히려 씻는 것을 좋아했었다.

"잘 있겠지?"

바율이 학기를 마치고 방학을 해야만 리타도 함께 해밀턴으로 돌아갈 수 있다. 그때는 재스퍼를 꼭 이곳으로 데려와 함께 지낼 것이다. 공작 전하께서 안 된다고 하시면 울며 떼를 써서라도 그리할 참이었다.

"응?"

그리운 재스퍼를 떠올리며 잠시 상념에 빠져 있던 리타의 시야에 누군가 포착된 것은 그때였다. 흑발에 흑의를 두르고 바삐 걸어가는 사내. 바로 데스였다.

"드디어 나타나셨네."

보아하니 이제 막 청소를 하러 온 모양새다.

"시킨 게 언제인데 이제 시작이야? 너 오늘 죽었어!"

그간의 설움을 터뜨릴 순간이 도래하였다. 어느덧 하얗게 변신한 블랙은 기억 저편으로 사라졌다. 리타가 팔을 걷어붙이며 데스의 꽁무니를 쫓았다.

3.

"거기, 정지!"

리타의 외침에 앞서 걸어가던 데스의 움직임이 멈췄다. 그가 획 돌아보더니 손가락으로 본인의 가슴을 가리켰다.

"그래요, 그쪽! 여기 우리 둘 말고 다른 사람 또 있어요?"

"아니, 없는데."

"대체 지금 시간이 몇 시예요? 9시 정시 출근인 거 잊었어요? 봐주는 것도 정도껏이지, 지금은 늦어도 너무 늦었잖아요!"

"그게, 집에 일이 좀 생겨서."

"머리도 안 마른 상태로 급히 온 걸 보니 딱 늦잠 잔 것 같은데, 맞죠?"

"아, 이건 그럴 만한 사정이 좀……."

젖은 머리칼을 만지는 데스의 표정이 왠지 억울해 보였지만, 그건 리타가 알 바 아니었다.

"그래, 들어나 보죠. 무슨 일인데요? 누가 병이라도 났어요?"

"사소한 사고이긴 한데."

"그러니까 무슨 사고냐고요. 말을 해야 이해를 하든가 말든가 할 거 아니에요!"

뒷목을 긁적이며 망설이던 데스가 리타의 윽박에 못 이기고 툭 내뱉었다.

“팔이 잘렸거든.”

“난 또 뭐라고. 이봐요. 살다 보면 사람이 팔도 잘리고 다리도 잘려 보고 그러는…… 헉! 뭐라고요? 팔이 잘렸다고요? 누, 누가요? 그쪽 동생?”

끄덕.

“엄마야! 괘, 괜찮은 거예요? 살았어요?”

“일단은.”

“무슨 말이 그래요! 살았으면 산 거지, 그 말은 곧 어떻게 될지 모른다는 뜻 같잖아요!”

“맞아. 아직 살아 있기는 한데 좀 위험하달까.”

“으앙, 진짜요? 어떡해요!”

“글쎄. 뭐, 어떻게든 곧 결론이 나겠지.”

“헐, 당신 친형 맞아요? 남도 아니고 동생이 팔이 잘리는 끔찍한 사고를 당했는데, 형이라는 사람이 말을 그렇게밖에 못해요? 꼭 죽기를 바라는 것처럼 들린다고요!”

“딱히 그런 건 아닌데.”

“아니면 뭐요!”

“그냥, 죽음의 순간은 누구도 알 수가 없으니까. 그건 신조차 모르는 일이지.”

"……?"

"살 만하면 살 것이고, 그렇지 않다면 죽는 수밖에. 그게 정해진 운명이라면."

덤덤한 듯하지만 싸늘한 눈빛이었다. 그걸 마주 보고 있자니 리타는 순간 섬뜩한 기분에 휩싸였다. 등골이 오싹해지며 머리털이 삐쭉 섰다.

'뭐, 뭐지?'

갑자기 달라진 분위기에 일순 말문이 막혔다. 머릿속이 텅 빈 듯 아무것도 생각나는 말이 없었다. 어째선지 절망감이 리타를 사로잡았다.

"그래서 날 불러 세운 이유가?"

"…그, 그러니까 그게……."

내가 여기에 왜 왔더라?

'아.'

다행히 기억은 금방 돌아왔다.

"청소요! 청소를 다 끝냈는지 아닌지 검사하려고…… 근데 괜찮아요! 집에 그런 큰일이 있었는데 청소할 정신이 어디 있었겠어요. 그냥 넘어갈게요."

오늘 같은 날을 벼르고 별러 왔지만, 때가 아니었다. 동생이 팔이 잘렸다는데 고작 청소 따위로 사람을 몰아붙일 수는 없다. 치료비도 얼마가 필요할지 모르는 판에 이건 사람의 도리가 아니었다.

"그거라면 다했는데."

"…다하다니요? 뭘요? 설마 청소를요?"

끄덕.

못 믿겠으면 가서 직접 확인해 보라는 듯 데스가 삼 층을 향해 턱짓했다. 자신만만한 그의 태도에 리타가 고개를 갸웃하며 걸음을 옮겨 계단에 올라섰다.

그러길 잠시 후, 리타는 자신의 눈을 믿을 수가 없었다.

"언, 언제 이렇게……!"

모든 게 완벽했다.

분명 아까까지만 해도 바닥과 카펫에 얼룩이 존재했다. 뿐인가. 창과 계단, 모서리 곳곳이 먼지로 뒤덮여 있었다.

한데 지금은 티끌 하나 없었다. 사방 어디를 보아도 '깨끗함' 이 세 글자만이 떠올랐다. 다락은 굳이 안 가 봐도 될 것 같았다. 사흘 밤낮을 쉬지 않고 매달려도 이런 상태를 만들기란 절대 쉽지 않았다.

"이걸 다 혼자서 했단 말이에요?"

끄덕.

"말도 안 돼!"

저절로 비명이 튀어나왔다. 청소에도 재능이 있다면 데스야말로 천부적 재능의 소유자일 것이다. 그게 아니라면 설명할 길이 없다.

"이제 또 뭘 하면 되지?"

시킨 일을 잘 해냈으니 응당 수고했다는 말을 해 줘야 했다. 한데 기분이 이상하게 찜찜했다. 꼭 볼일을 보고 밑을 닦지 않은 느낌이랄까.

'대체 뭐지?'

무언가를 놓친 것 같은데 그게 무엇인지 알 수가 없다. 결국 리타가 한 일이라곤 데스의 적성을 살려 청소할 범위를 넓혀 준 것이었다.

4.

"리타, 오늘 점심은 뭐야?"

이언과 담판도 지었겠다, 바율은 홀가분한 마음으로 식당에 들어섰다. 익숙한 음식 냄새가 그의 코를 기분 좋게 찔렀다.

"닭을 좀 고았어요."

"닭?"

"네, 요즘 날이 더워지고 있잖아요. 지난번 일도 있고 해서 보양식으로 준비했어요. 몸보신하셔야죠."

리타가 식탁 중앙의 냄비 뚜껑을 들어 올리자 뜨거운 김이 확 올라왔다. 가장 두툼한 다리 살을 집게를 이용해 바율의 그릇으로 옮겨 담는 그녀의 손놀림이 무척 신속했다.

"국물이 뽀얗게 우러났네. 맛있겠다!"

"지금이 드시기에 딱 좋아요. 얼마나 부드러운데요. 여기 소금이랑 후추요."

"리타도 얼른 앉아. 같이 먹어야지."

"아니요, 저는 이따가요."

"에이, 또 그런다. 저택 식구라고는 달랑 이렇게 셋이 전부인데 뭘 따로 먹어. 안 그래요, 이언 경?"

"맞습니다. 리타 양, 어서 앉으시죠."

이언이 손수 일어나 의자까지 빼 주었지만 리타는 선뜻 움직이지 못했다.

"그치만 새로 오신 호위 기사 분들도 같이 안 드시는데 저만 그러기가……."

"리타, 그분들은 오히려 함께 식사하는 게 불편하시대. 해밀턴에서도 쭉 그랬나 봐. 설마 리타도 내가 불편한 거야?"

"아니요! 그건 아니에요!"

"그럼 어서 앉아. 맛있는 음식 다 식겠다."

"앗, 식으면 안 되죠. 이건 따뜻할 때 먹어야 제맛이거든요!"

바율의 거듭된 청에도 머뭇대던 리타가 음식이 식는단 소리에 화들짝 놀라며 후다닥 자리에 앉았다.

“오호, 밥 먹을 시간이었나?”

그때 새로운 불청객이 식당 안으로 발을 들였다.

“이 냄새는…… 닭이로군.”

데스였다. 막 청소를 끝내고 목이나 축일까 싶어 식당을 찾은 그의 눈앞에 먹음직한 고기가 나타난 것이다. 긴 앞머리에 가려져 있지만 다들 느낄 수 있었다. 그의 시선이 냄비 속 닭고기를 맹렬하게 좇고 있음을.

“그러고 보니 데스를 잊고 있었네. 여기 앉아요.”

“도련님!”

리타가 만류했지만 돌이키기에는 이미 늦었다. 동작이 얼마나 재빠른지, 식탁 한편에 자리를 잡음과 동시에 데스의 손에는 벌써 고기 한 점이 들려 있었다. 전광석화보다도 빠른 움직임이었다.

“그럼 이제 진짜 먹어 볼까?”

어이없어하는 리타를 뒤로하고 바율은 웃으며 식사를 시작했다.

“역시 맛있어!”

부드러우면서도 쫄깃한 고기의 식감은 말할 것도 없으며, 국물이 정말이지 끝내줬다. 아무리 아카데미 식당 밥이 맛있어도 리타의 손맛에는 비할 바가 아님을 다시 한번 느끼는 순간이었다.

"국물이 시원하네요."

이언도 만족스러운 듯 그가 할 수 있는 최고의 찬사를 보냈다. 말이 없는 건 데스가 유일했다. 그는 흡사 며칠 굶은 사람 같았다. 그의 앞에 놓인 고기와 다른 여러 음식들이 엄청난 속도로 사라졌다.

신기한 점은 그럼에도 전혀 우악스럽거나 정신없어 보이지 않는다는 것이었다. 실제로도 그의 주변은 처음과 거의 똑같았다. 테이블 매트에 국물 한 점, 고기 한 조각 흘린 흔적이 없었다.

'동생은 팔이 잘려 사경을 헤맨다면서, 형이라는 작자가 이렇게 잘 먹어도 되는 거야?'

"저기요, 데스 씨."

놀람도 잠시, 리타가 안경을 고쳐 쓰며 데스를 불렀다. 그러자 양 볼에 음식을 가득 담은 채 데스가 그녀를 쳐다봤다.

'악, 딱밤 한 대 때려 주고 싶다!'

순간 그가 어찌나 얄밉게 보이던지, 리타는 이를 악물었다.

"배가 고픈 것도 알겠고요. 음식이 맛있는 것도 알겠는데요. 다 같이 식사하는 자리에서 혼자 그렇게 먹는 건 예의가 아니죠. 다른 사람은 신경도 안 쓰나요?"

"리타."

"저도 먹는 걸로 뭐라고 하는 거 싫은데요. 이건 꼭 짚고 넘어가야 할 문제예요."

리타의 태도가 어찌나 단호한지 바울도 더는 말릴 수가 없었다.

"보세요. 다들 아직 한 조각도 제대로 먹지 못했다고요. 근데 고기는 이미 반도 넘게 사라졌어요. 이 점에 대해 어떻게 생각하시죠?"

"…뇌 싱가(내 생각)?"

"그래요. 그쪽도 양심은 있을 거 아니에요."

"으음."

리타의 물음에 데스가 고민에 빠졌다. 물론 그 와중에도 입은 열심히 오물오물하는 중이었다.

"이게 다야?"

"무슨 뜻이죠?"

"모자라면 더 가져오면 되잖아. 더 없어?"

뻔뻔한 그 대답에 리타는 순간 대꾸할 말을 잃었다. 어떻게 알았는지 모르겠지만, 주방에 따로 한 솥 더 끓여 둔 것도 사실이었다.

"그래, 리타. 부족하면 그렇게 하자. 식으면 맛없다며. 이언 경, 어서 드세요."

어색해진 분위기를 풀어 보고자 바율은 황급히 화제를 다른 이야기로 돌렸다.

“참, 그리고 말인데 나 이따가 외출하기로 했어.”

“외출이요?”

예상대로 리타의 관심이 단번에 옮겨졌다.

“응, 친구들과 야시장에 가기로 했거든. 어제 항구에 큰 배가 정박했대. 리타는 야시장 가 본 적 있어?”

“아니요! 없어요!”

“정말? 해밀턴에도 가끔 야시장이 열린다고 들었는데, 왜 안 가 봤지?”

“어쩌다 보니 그렇게 됐어요. 도련님, 저도 같이 가면 안 돼요?”

“…리타도 가겠다고?”

“네! 절대 방해 안 할게요! 그냥 조용히 옆에서 따라만 다닐게요! 네?”

이런 건 생각지 못한 전개였다. 바율은 저도 모르게 이언을 바라봤다.

‘어떡하죠?’

‘글쎄요. 그건 알아서 하시죠.’

야시장에 가기로 합의를 하긴 했지만 이언은 여전히 불만스러웠다. 그래서인지 그가 자기는 모르는 일이라는 듯 식사에만 열중했다.

“리타, 이언 경이 그러는데 야시장이란 게 위험할 수도 있다고 하더라고.”

“억, 그래요? 그럼 도련님도 가시면 안 되는 거 아니에요?”

“그래서 나도 이언 경과 함께 가기로 했어. 다른 호위 기사 두 분도 같이.”

“아, 그러면 되겠네요. 그럼 저도 따라가도 되는 거죠?”

“그게, 친구들이…….”

“진짜 신경 안 쓰이게 할게요. 저도 꼭 좀 데려가 주세요. 네? 야시장에 가 보는 게 소원이었단 말이에요.”

“…알겠어. 그렇게 하자.”

친구들에게 양해를 구해야 할 건수가 하나 더 늘었지만 어쩔 도리가 없었다. 리타가 이렇게까지 원하는데 거절할 재간이 없다. 그녀가 뭔가를 조르는 것도 이번이 거의 처음이었다.

‘더 조심하면 되겠지.’

“아싸! 도련님, 감사해요!”

“나도 가고 싶은데.”

기뻐하는 리타의 함성 뒤로 굵직한 저음이 퍼졌다. 오롯이 먹는 데만 집중하던 데스였다.

“나도 가 본 적이 없어서.”

"이봐요, 데스 씨. 아까부터 자꾸 끼어드는데, 이건 아니죠. 도련님 친구분들도 오신다잖아요. 나는 이미 안면도 있고, 저택의 대소사를 책임지는 입장이다 보니 필요한 것들이……."

"짐꾼 필요하지 않아?"

"…짐꾼요?"

끄덕.

"그거야 뭔가를 사긴 할 텐데……."

"야시장에는 신기한 게 아주 많다더군. 분명 사람들이 북적북적하겠지. 그런 곳에서 무거운 짐이라도 생기면 불편하지 않겠어? 이래 봬도 내가 힘이 아주 세거든."

듣다 보니 일리 있는 말이었다. 한 명 정도 더 늘어나는 거야 거기서 거기였다. 고민에 빠진 리타 대신 바율이 나섰다.

"그래요. 짐꾼이 있으면 편할 것 같네요. 이언 경도 구입할 물건이 있다고 했으니 데스까지 데려가는 걸로 하죠."

"저야 뭐 어떻든 상관없습니다."

"리타도 괜찮지?"

"…네, 저도 뭐……."

어째 또 당한 것 같지만 확실히 짐꾼이 있다는 건 여러모로 편했다. 다만, 만약 꾀를 피우는 게 포착된다면 처절한 응징을 가할 것이다.

'그러니 조심하는 게 좋을걸.'

남몰래 데스를 주시하며 리타가 음흉한 미소를 지었다.

"근데 리타, 블랙이 아까부터 안 보이네? 목욕시킨 거 아니었어?"

"아, 맞다! 말씀드린다는 게 깜박했다! 도련님, 아무래도 블랙 이름을 잘못 지은 것 같아요!"

"이름을 잘못 지었다니?"

어리둥절해하는 바율에게 리타가 수돗가에서의 일을 차근히 설명했다. 녀석의 털이 원래는 하얀색이라는 말에 바율은 물론이고 이언 역시 경악을 금치 못했다.

"그래서? 지금 블랙 어디 있는데?"

당장 두 눈으로 직접 확인하고 싶었으나, 야시장에 가야 할 시간까지 블랙은 좀처럼 나타나지 않았다.

Chapter 5.
야시장 PART 2

1.

바율이 친구들과 만나기로 한 장소는 캐링스턴 시내에서 가장 많은 사람들로 북적이는 곳, 일명 만남의 광장이라 불리는 코메르시우 광장이었다.

바다를 끼고 있는 광장은 이른 저녁부터 인파로 가득했다. 시계를 보니 약속한 시간이 되려면 아직 20여 분 정도가 남았다.

"잠깐 구경이나 좀 할까?"

주말이어선지 광장 곳곳에 소규모 점포들이 늘어서 있었다. 광장에 들어선 순간부터 구경이 하고 싶어 안달이 난 리타를 위해 바율이 제안했다.

"그래도 돼요?"

"여기 시계탑 아래서 만나기로 했는데 아직 아무도 안 왔나 봐. 잠시 돌아보고 와도 될 거야."

"우아, 그럼 우리 저기부터 가요!"

리타가 가리키는 곳에는 유독 많은 사람들이 몰려 있었다. 인파에 가려 뭘 하는 곳인지 보이지가 않을 정도였다.

"그래, 가 보자."

바율의 허락이 떨어지기가 무섭게 리타가 달려갔다. 요리조리 사람들을 헤치고 나아가는 솜씨가 보통이 아니었다.

"도련님, 여기요! 이쪽으로 오세요!"

호위 기사인 이언도 있고, 짐꾼으로 따라온 데스도 있는데 유일한 여자이자 열여섯의 어린 소녀인 리타가 길을 트고 있다. 이걸 말려야 할지 그냥 둬야 할지 바율은 선뜻 결정하지 못했다.

"어서요!"

미적대는 바율이 답답했는지 리타가 손을 잡고 끌어당겼다. 정신을 차리고 보니 어느새 맨 앞줄에 와 서 있었다.

"자, 남녀노소 누구나 쉽게 참여할 수 있는 구슬 던지기입니다! 1쿠나에 두 번, 2쿠나에 다섯 번, 3쿠나는 무려 열 번! 열 번을 던질 수 있어요! 어려워 보인다고요? 에이, 그건 모르시는 말씀! 저기 4번 줄에 잘생긴 미남 청년 보이죠? 저 청년 하는 것 잠깐만 보세요. 그냥 저기 서서 앞에 놓인 항아리에 구슬을 던지기만 하면 됩니다. 아주 쉬워요. 너무 쉽죠!"

딸랑!

"오! 마침 구슬이 들어갔군요! 난이도 중에 해당하는 항아리네요. 그럼 이쪽 상품 중에서 아무거나 하나 가져가시면 된답니다!"

"도련님, 저기 하얀색 곰 인형 좀 보세요! 저렇게 큰 인형도 상품으로 주는 걸까요? 되게 비쌀 것 같은데!"

"거기 안경 쓴 예쁜 아가씨! 네, 맞습니다. 요 인형도 당연히 상품으로 드립니다! 여기 난이도 상에 해당하는 항아리에 구슬을 넣는다면 말이죠! 아직까지 단 한 명도 성공한 사람이 없는데, 우리 예쁜 아가씨가 한번 도전해 보시겠어요?"

"아, 아니요!"

갑작스러운 사내의 질문에 리타가 당황하며 도리질 쳤다.

"여기 3쿠나요!"

"나도 2쿠나! 다섯 번 할 수 있는 거 맞죠?"

"예, 예! 손님, 맞습니다! 7번, 8번에서 하시면 되겠습니다!"

점포명이 쓰여 있지 않아 뭐라 불러야 할지 모르겠다만, 바율이 보기에 이곳은 일종의 도박장이었다.

놀이 방법은 간단했다. 거리에 따라 상중하로 분류된 항아리가 각각의 줄에 세 개씩 간격을 두고 놓여 있다. 참여자는 돈을 내고 구슬을 받아 출발선에서 항아리를 향해 구슬을 던지면 되는 것이었다.

구슬이 제일 먼 뒤쪽의 항아리에 들어가면 상에 해당하는 상품을, 가운데 항아리는 중, 가장 가까운 항아리는 하급의 상품을 지급하는 방식이었다. 바닥에 떨어지면 당연히 아무것도 가져가지 못한다.

놀이 무대 뒤편으로는 각 등급에 해당하는 상품이 진열되어 있었는데, 상급의 것들은 척 보기에도 꽤 품질이 좋은 것들이었다. 리타가 관심을 보인 실제 사람 크기만 한 곰 인형부터 가방, 신발, 양말, 액세서리 등 종류가 다양했다.

"리타, 저 인형 갖고 싶어?"

"저거요? 아니요, 꼭 그렇다기보다 인형이란 걸 가져 본 적이 없어서요."

"…어렸을 때도?"

"네."

유아기 시절 누구나 인형 하나쯤은 갖고 놀던 기억이 있을 것이다. 바율이 특히 좋아했던 인형은 자신과 바일처럼 똑같이 생긴 쌍둥이 토끼 인형이었다.

왜 몰랐을까. 그때 알았더라면 나눠 줄 수도 있었을 텐데.

당사자인 리타는 담담한 얼굴로 얘기하고 있지만, 듣는 바울은 왠지 모르게 짠했다.

"내가 한번 해 볼까?"

"도련님이요?"

"응, 자신은 없지만 인형을 받으면 리타에게 줄게."

"와, 진짜요?"

꼭 갖고 싶은 것은 아니라더니, 리타의 표정이 돌변했다. 안경 너머 그녀의 녹색 눈동자가 기대감으로 일렁였다.

"구슬만 항아리 속에 넣으면 되는 거니까, 나도 할 수 있겠지?"

"그럼요! 도련님이라면 분명 열 개 다 넣을 수 있을 거예요!"

"알았어. 그럼 내가……!"

리타의 응원 속에 바울이 용기를 내려는 찰나였다.

"제가 하죠."

불쑥 등 뒤로 이언이 끼어들었다.

"이언 경, 언제부터 와 계셨어요?"

"처음부터 쭉 있었습니다."

"아, 저는 사람들이 너무 많아서 뒤에 계신 줄 알았어요."

"저도요."

고개를 끄덕이며 동의하는 리타에게 이언이 가벽에 걸린 인형을 지목하며 물었다.

"리타 양, 저 곰 인형 하나면 됩니까?"

"…진짜 이언 경이 하시게요? 구슬 던지기를?"

"인형이 갖고 싶다면 해야죠."

"제가 해도 되는데……."

"항아리의 입구를 잘 보십시오. 비슷해 보이지만 맨 뒤 상급에 해당하는 항아리는 입구의 각이 미묘하게 다릅니다. 보세요. 던지는 족족 다 튕겨 나오지 않습니까?"

들어갈 듯 들어가지 못하고 튕겨 나오는 구슬의 양이 엄청났다. 중, 하에 해당하는 항아리의 성공률이 절반이나 그 이하인 반면, 아직까지 상급의 항아리는 단 한 개의 구슬도 통과하지 못했다.

"각이 다르다니요? 저는 잘 모르겠는데……."

거리도 거리지만 때가 해 질 녘이어선지 항아리의 입구 쪽이 잘 보이지가 않았다.

"일종의 속임수라고 보시면 됩니다. 생각해 보십시오. 구슬 하나당 저 큰 인형을 하나씩 내주었다간 이런 가게는 금방 문을 닫아야 할 겁니다. 적자일 게 뻔하니까요."

"그거야 그렇겠죠. 근데, 이언 경은 그럼 어떻게 넣으시게요? 특별한 방법이라도 있나요?"

"그저 약간의 힘과 기술만 있으면 충분합니다."

이언의 입가에 좀처럼 볼 수 없는 미소가 피어났다.

"1쿠나에 두 번을 던질 수 있다고 했죠? 리타 양, 다른 또 필요한 것은 없습니까?"

본인이 실수할 거라고는 전혀 염두에 두지 않은 말투였다. 그런 이언의 자신만만한 태도에 전염이라도 된 듯 리타가 진지한 눈빛으로 상품을 골랐다.

"저 가방이요! 오른쪽 끝에 가죽으로 된 것!"

"알겠습니다."

지갑에서 1쿠나를 꺼내며 이언이 무대로 걸어갔다. 한데 어째서일까. 줄곧 기꺼워하며 손님들을 맞던 사내가 주저하는 기색을 보였다.

"9, 9번 줄이 비었네요."

목소리도 눈에 띄게 줄어들었다. 그러거나 말거나 이언은 1쿠나를 건넨 뒤 당당히 9번 줄에 가 섰다.

따라락. 따라락.

두 개의 구슬이 이언의 손안에서 서로 맞부딪치며 소리를 냈다. 그는 망설임이 없었다. 하늘로 잠시 시선을 주었을 뿐이다.

"어엇!"

그의 손목이 가볍게 움직였다. 약간의 시차를 두고 구슬 두 개가 나란히 공중으로 날아갔다.

"뭐, 뭐지?"

사람들이 웅성거렸다. 그도 그럴 것이 구슬이 항아리가 아니라 하늘을 향해 높이 치솟았기 때문이다.

"잘못 던진 것 같은데?"

"뭔가 착각했나 봐!"

하지만 사람들의 웅성거림은 이내 환성으로 바뀌었다. 잘 보이지도 않을 만큼 위로 솟구쳤던 구슬이 어느새 밑으로 하강하고 있었던 것이다. 설마 싶던 모두의 생각대로 구슬 두 개가 나란히 직선을 그리며 항아리 안으로 쏙 들어갔다.

땅! 땅!

신기에 가까운 기술에 구경하던 사람들이 환호하며 박수갈채를 쏟아 냈다.

"대박! 도련님, 보셨어요? 구슬이 이렇게 해서 들어갔어요!"

흥분한 리타가 방방 뛰며 소리쳤다. 이언이 구슬을 던질 때만 해도 의혹에 서린 얼굴이었는데, 이제는 눈이 완전 하트가 되어 있었다.

"리타 양."

이언이 마치 개선장군처럼 의기양양하게 돌아왔다. 그의

양손에는 각기 곰 인형과 가죽 가방이 들려 있었다.

"우앙, 감사해요!"

자기보다도 더 큰 인형을 받아 들며 리타가 연신 감사 인사를 전했다. 가녀린 그녀의 몸이 곰 인형에 가려져 잘 보이지도 않았다.

"뭐야, 여기 있었어?"

일라이가 나타난 것은 그때였다. 익숙한 음성에 돌아보니 어느덧 화려한 사복 차림의 그가 옆에 와 있었다.

"시끌시끌하길래 무슨 일인가 했더니, 주인공이 너였어? 대체 뭘 했기에 사람들이 이렇게 난리냐? 나도 같이 좀…… 어라? 혼자가 아니네……?"

반가움도 잠시, 바율 옆의 이언을 발견한 일라이의 눈매가 좁아졌다. 어떤 상황인지 대번에 짐작한 눈치인데, 마음에 안 든다는 기색이 역력했다.

"어, 그게 있잖아, 라이……."

야시장이 가고 싶어서 일단 무작정 끌고 오긴 왔는데, 막상 상황이 닥치니 뭐라고 해명을 해야 할지 모르겠다. 혹을 하나도 아니고 다섯이나 붙여 온 것을 알면 어떤 반응을 보일지 상상도 하고 싶지 않았다.

"어떻게든 혼자 와 보려고 했는데……."

"했는데?"

이언에게로 향하는 바율의 시선을 일라이가 매서운 눈빛으로 좇았다.

역시 당신이 원흉이었군.

"이언 경의 말이…… 오늘같이 큰 배가 들어온 날은 위험하다고……."

"위험?"

"응, 아무래도 사람들이 많이 몰릴 테니까. 근데 난 꼭 가고 싶고 해서……."

"어쩔 수 없이 호위 기사를 한 명 데리고 왔다?"

"……."

가뜩이나 기어들어 가던 바율의 말소리가 '한 명' 이라는 부분에서 완전히 막혔다. 아직 일라이가 발견하지 못한 모양인데, 여기 이 자리에만 혹이 셋이다. 그리고 어딘가에서 지켜보고 있을 리자이, 리바이 형제까지 더하면 무려 다섯이었다.

'그냥 오지 말 걸 그랬어.'

이쯤 되자 때늦은 후회가 밀려들었다.

"저기, 이것 좀 들어 봐요!"

궁지에 몰린 바율을 돕고자 나선 것은 리타였다. 그녀가 이언에게서 받은 곰 인형을 데스에게 넘기고는 우렁차게 인사했다.

"안녕하세요! 이렇게 또 뵙게 돼서 반갑습니다!"

"으잉, 넌……!"

일라이가 움찔하며 한 발짝 뒤로 물러났다. 리타까지 와 있을 줄은 전연 생각지 못한 것 같았다.

"도련님께 말씀 들었어요. 빌려 주신 노트 덕분에 시험을 잘 보셨다고. 정말 감사합니다! 복 받으실 거예요!"

리타가 두 손을 가지런히 모으고는 연이어 두 번이나 꾸벅 절을 했다.

"아, 그거야 뭐…… 친구니까……."

"친구도 친구 나름이죠! 저희 도련님을 여러모로 챙겨주신다는 거 알고 있어요. 제가 보답을 하고 싶은데, 언제쯤 시간 괜찮으세요?"

"…시간?"

"네! 제가 요리를 좀 하거든요. 특별히 좋아하시는 음식 있나요?"

"아무거나 다 잘 먹는 편이긴 한데……."

리타의 저돌적인 질문 공세에 일라이는 자기도 모르게 자꾸 대답을 내주고 있었다. 그 탓에 정작 바율에게는 말을 걸 틈도 없었다. 잔뜩 흥분한 십 대 소녀를 상대하기란 그에게도 그리 쉬운 일은 아니었다.

"잠깐!"

그러던 일라이가 리타의 옆에 서 있는 데스를, 정확히는 곰 인형을 가리키며 물었다.

"방금까지 이 곰 인형 들고 있었지?"

"네, 이언 경께서 선물로 주셨어요."

"그럼 지금 이 곰 인형을 들고 있는 사람은 누구지? 설마 또 다른 일행인가?"

"저기…… 라이, 우리 바닷바람이나 좀 쐬러 갈까?"

"바율? 내가 지금 묻고 있잖아? 못 들었어?"

일라이가 미소를 머금은 채 얼굴을 드밀었다. 석양과 어우러진 그의 눈동자가 보석처럼 빛났지만 평소처럼 아름다움을 느낄 여유는 없었다. 녀석에게서 냉기가 뚝뚝 떨어지고 있었기 때문이다. 지금이야말로 사실대로 털어놓아야 할 때였다.

"…그러니까 라이, 이쪽은 이번에 새로 들어온 하인이고…… 지금 여기엔 없지만…… 아마 앞으로도 마주칠 일은 없겠지만…… 둘이 더 있어……."

"둘이 더 있다니? 무슨 뜻이야, 그게?"

인파 속에 숨어 자신을 호위할 리자이, 리바이 형제에 대해 바율은 짧게 설명했다.

"정말 미안해, 라이. 입이 열 개라도 할 말이 없어."

단란했어야 할 친구들의 시간이 자신 때문에 엉망이 된

것 같아 바율은 진심으로 미안했다. 처음으로 욕심이란 걸 부려 봤는데 생각이 짧았다. 오고 싶어도 참았어야 했다.

"여기서 뭐 해?"

바율이 미안함에 고개도 들지 못할 때 까칠한 음성과 함께 퀸이 나타났다.

"뭐야, 너도냐?"

일라이의 얼굴이 한순간에 다시 일그러졌다.

"뭔 소리냐?"

"네 뒤 말이야."

일라이의 턱짓에 퀸이 돌아봤으나 보이는 건 그의 수하인 비욘이 전부였다.

"다들 왜 혹을 붙이고 왔지? 오늘 우리끼리 놀기로 한 거 아니었어?"

"혹?"

"그래, 이 정도면 완전 대이동 수준이라고. 불편해서 어디 구경이나 제대로 하겠냐?"

"아, 난 또 뭐라고."

그제야 일라이의 말을 이해한 퀸이 어이없다는 듯 덧붙였다.

"당연한 거 아니야? 호위 기사도 없이 이런 데를 어떻게 와?"

"뭐?"

"아카데미에선 같은 학생일지 몰라도 난 너희와는 엄연히 신분이 달라. 이럴 걸 몰랐다면 애초에 함께 가자는 말도 하지 말았어야지."

"헐, 뭐 뀐 놈이 성낸다더니 이 자식 말하는 것 좀 보게. 네 인격에 미안하다는 말은 기대도 안 했지만, 이건 아니지 않냐? 나는 알바까지 제쳐 두고 왔건만!"

"누가 그러래?"

황당해하는 일라이의 면전에 대고 퀸이 차갑게 대꾸했다.

"싫다면 이제라도 가지."

"퀴, 퀸!"

잠시의 주저함도 없이 돌아서는 퀸을 바율이 재빨리 다가가 붙들었다.

"어딜 가, 퀸! 라이는 그냥 좀 불편해서 그래. 일행이 많으면 아무래도 다니기가 어렵잖아. 내가 좀 많이 데려왔거든……."

"그래요, 가지 마세요! 우리 도련님, 오늘 야시장 엄청 가고 싶어 하셨단 말이에요. 퀸 님께서 돌아가시면 당연히 분위기 깨질 테고, 그러면 도련님은 야시장도 못 보고 그냥 가시겠죠. 안 돼요, 그건!"

리타가 퀸의 손목을 덥석 잡았다.

"제가 진짜 없는 사람처럼 조용히 따라다닐 자신 있거든요? 이언 경께선 평소에도 거의 말씀이 없으세요. 아마 다니시다 보면 함께 있는지도 모르실걸요? 그리고 여기 데스 씨는 짐꾼으로 마음껏 부리세요. 힘이 좋아서 무거운 것도 잘 든다고 본인 입으로 말했거든요. 그죠?"

끄덕끄덕.

커다란 곰 인형의 머리가 데스의 움직임에 따라 위아래로 흔들렸다.

"보세요. 말수도 없잖아요. 정말 귀찮게 안 할 테니까 오늘만 봐주세요. 네?"

"먼저 이 손이나 놓아줬으면 좋겠군."

"아, 죄송해요!"

퀸의 지적에 리타가 화들짝 놀라며 손을 뗐다.

"그리고 그런 얘기는 내가 아니라 이쪽에게 하고."

"맞다, 우리 도련님 뿌리치고 가실까 봐 저도 모르게 그만……."

"어이, 친구들! 네 시간 만인가? 어째 밖에서 보니 더 반가운데!"

에이단의 존재가 이렇게 절실했던 적이 또 있었던가. 꼭 필요하다 느낀 순간에 귀신같이 등장한 에이단을 보고 바울은 기쁨의 환호성을 내지를 뻔했다.

"근데 왜 다들 여기 있는 거냐? 우리 시계탑에서 만나는 거 아니었어?"

"그러는 넌 왜 이리로 왔는데?"

"나야 지나가다 너희가 보여서 왔지. 여기서 뭐 하고 있었는데? 재미난 거라도 있어?"

"넌 어디 있냐? 왜 안 보여?"

"뭔 소리야. 밑도 끝도 없이. 나 여기 있는데?"

힐긋거리는 일라이의 시선을 따라 에이단이 자신의 뒤를 살폈다.

"너도 혼자 오지는 않았을 거 아니야. 네 호위 기사도 어디 숨어 있는 거냐?"

"아니, 나 혼자 왔는데?"

"엥, 혼자 왔다고?"

"어."

예상과 다른 대답에 잠시 멈칫했으나 일라이는 이내 고개를 주억였다.

"집에서 완전 내놓았구만. 장남이 아니라 이거지?"

"뭐라는 거야. 크게 말해."

주변의 소음에 일라이의 중얼거림이 묻혔다. 야시장 때문인지 어쩐지 처음 발을 디뎠을 때보다 사람들이 훨씬 더 많아져 광장 안이 시끌벅적 요란했다.

"됐고, 일단 여기부터 벗어나자. 더 늦으면 빠져나가기도 힘들 것 같다."

일라이의 간접적인 허락이었다. 이번 한 번만 그냥 넘어가겠다는 듯 바율과 퀸을 한차례 쏘아보고는 그가 앞장서 출발했다.

"근데, 도련님. 로건 도련님은 안 오세요?"

그렇게 얼마나 걸었을까.

야시장의 입구가 어렴풋이 보일 무렵, 없는 사람처럼 조용하겠다던 리타가 갑자기 귓속말로 물었다. 사실 그녀는 일행을 만난 순간부터 궁금했지만, 뱉은 말이 있어 참고 있었다. 그러다 목적지에 도착하고서도 로건이 보이지 않자 물은 것이었다.

"응, 리타. 로건은 오늘 못 온대."

"왜요?"

"집에 일이 있나 봐."

"그렇군요……."

서운함이 리타의 얼굴에 번진다. 둘의 재회를 세상 누구보다 기뻐했던 그녀가 아닌가. 함께 있는 둘의 모습을 기대했는데 아쉬웠다.

사실 로건이 오지 못한 건 에이단 때문이었다. 도서관에서의 일도 아직 수습하지 못했는데, 이곳에까지 나타났다간 어떤 일이 벌어질지 모르기에 아쉽지만 빠지기로 한 것이다. 바율처럼 주말을 저택에서 보내는 로건은 시간이 여유로운 편이었다.

"다음에 집으로 한번 초대할게. 그러니까 너무 섭섭해하지 마."

"진짜요? 언제요? 다음 주에 당장…… 아!"

자신도 모르게 목소리가 높아졌다. 리타가 황급히 입을 가리며 바율의 뒤로 숨었다.

"리타, 이렇게까지 안 해도 돼. 괜찮아."

"그래도……."

"봐, 다들 구경한다고 정신없잖아. 예상치 못하게 일행이 많아져서 라이가 조금 예민했던 것뿐이야. 괜찮으니까 편하게 다녀."

"정말 그래도 돼요?"

"그럼. 너무 멀리 떨어지지만 마. 위험할 수도 있다니까."

"길도 모르는데 당연히 멀리 안 가죠! 그건 걱정 마세요!"

그제야 마음이 편안해진 듯 리타의 표정이 밝아졌다. 조금 전까지만 해도 긴장한 표정이던 얼굴이 지금은 호기심 많은 열여섯 소녀의 것으로 변해 있었다.

"저, 저기부터 가 볼게요!"

리타가 세상에서 가장 행복한 미소를 지으며 달려간 곳

은 여러 종류의 꼬치를 파는 가게였다. 야시장 입구에서부터 꼬치 굽는 냄새가 사람을 얼마나 괴롭히던지 그냥 지나치려야 지나칠 수가 없었다.

에이단과 일라이는 이미 줄을 서서 차례를 기다리고 있었다. 그들처럼 냄새에 이끌린 듯, 벌써 꽤 많은 이들이 가게 앞을 메운 상태였다.

"바율! 퀸! 얼른 와! 야시장에 왔으면 이건 무조건 먹어 줘야 해!"

"오, 너 아는 집이었냐?"

"예전에 우리 집에서 일했던 분이 은퇴하고 차린 가게야. 손맛이 기가 막혀서 시작하자마자 대박이 났지. 이 집 꼬치 맛의 비결이 소스의 비율인데, 아들딸은 물론 며느리와 손주에 손주까지 아무도 비율을 모른대. 나중에 가게를 물려받을 한 명에게만 알려 주신다나?"

"그 전에 돌아가시면 어쩌려고?"

"그건 걱정 마셔. 비비안은 백 살도 끄떡없을 거야."

"비비안?"

"조기 쓰여 있잖아."

에이단의 손가락을 따라가 보니 '비비안 꼬치' 라고 쓰인 작은 목판이 대롱대롱 매달려 있었다.

"비비안이 나왔으면 공짜로 먹을 수 있는데 안 보이네.

아, 나의 피 같은 돈이 나가겠구나."

"피 같은 너의 돈이 아니라 나의 돈이겠지."

양심이 있다면 빈손으로 오지 않았겠지만, 일라이는 딱히 기대하지 않았다. 보나 마나 오늘의 물주 노릇은 자신이나 바율, 퀸이 하게 되리라.

"오홋! 이게 누구셔! 우리 아기 도련님이 오셨네!"

드디어 차례가 왔다. 메뉴판을 보며 어떤 꼬치를 먹을지 진지하게 고민 중이던 그들 앞에 갑자기 백발이 성성한 할머니 한 분이 허리를 세우며 일어났다.

"앗, 비비안! 없는 줄 알았는데!"

"없긴요. 쇤네야 쭈그리고 앉아서 양념 중이었지요. 친구분들과 함께 오셨습니까?"

주름이 자글자글한 눈꺼풀 사이로 비비안의 눈동자가 빠르게 일행을 훑었다. 그런 그녀의 시선이 퀸에게 다다랐을 때 잠시 흥미로운 기색이 떠올랐다.

"응! 내가 잔뜩 자랑해 놨으니까 맛있게 해 줘야 해!"

"아무렴요! 우리 아기 도련님과 친구님들이 드실 건데 제대로 해 드려야죠! 새우랑 오징어로 하실 거죠?"

"당연하지. 난 그게 제일 맛있더라."

"가만 보자. 하나, 둘, 셋…… 네 개? 다섯 개?"

"아니, 총 여덟 명이야. 좀 많지?"

"아이고! 열 명, 스무 명을 데리고 오셔도 끄떡없으니 얼굴이나 자주 보여 주세요! 아카데미에 입학하시고는 처음이신 거 아십니까?"

"그런가?"

"네에! 쇤네가 찾아가기 직전이었습니다!"

"헤헤, 미안, 미안. 공부하느라 바빴어. 앞으로는 자주 올게. 친구들 또 데리고 와도 되지?"

"그러믄요! 밑에 녀석들에게도 말해 놓을 테니 쇤네가 없어도 언제든 들러 주세요. 아셨죠? 고럼 잠시만 기다려 주세요. 후딱 만들어 드릴 테니!"

젊은 시절 꽤 미인이었을 것 같은 비비안의 첫인상은 마음씨 좋고 인자한 이웃집 할머니 같은 느낌이었다. 그런 그녀가 변한 것은 순식간이었다.

"새우 여덟!"

마치 호통을 치듯 그녀가 명령하자 직원들이 부리나케 움직였다. 그들의 동작은 신속 정확했다. 서로의 영역은 침범하지 않으면서 제 할 일을 빠르게 처리하는 솜씨가 가히 달인의 경지였다. 꼬치 하나가 완성되는 데에 걸리는 시간이 고작 1분 남짓이었다.

매콤한 숯불 향을 풍기며 불판 위에서 꼬치가 익어 갔다. 인맥의 힘이란 대단했다. 이제껏 다른 손님들의 손에 쥐여

지던 꼬치와는 크기부터가 달랐다. 두툼한 튀김옷에 넉넉하게 발라진 소스가 보는 것만으로도 식욕을 돋우었다.

"근데 우리 진짜 돈 안 내도 돼?"

꼬치를 손에 든 채 바율이 망설이자 에이단이 우물거리며 말했다.

"으러타니깡(그렇다니까). 어성 머겅, 아율(어서 먹어, 바율)."

"그래도 파는 음식인데 공짜로 먹기에는……."

"네가 안 먹으니까 리타도 못 먹고 있잖아. 이건 고문이다, 너."

"…알겠어. 미안."

입맛을 다시며 꼬치를 들고만 있는 리타를 발견하고서야 바율은 좋은 게 좋은 거라며 새우를 한입 베어 물었다.

"…어!"

상상했던 것과 전혀 다른 맛에 바율의 눈이 동그래지자 에이단이 그것 보라며 어깨를 으쓱였다.

"장난 아니지?"

"응, 쫄깃쫄깃하면서도 부드러운 게 너무 맛있다."

"오징어는 또 달라. 아마 어디서도 이런 건 못 먹어 봤을걸!"

"사람들이 줄 서서 먹는 이유를 알 것 같아."

"이런 맛이면 난 열 개라도 먹겠는데?"

빈말이 아니었다. 새우와 오징어 살을 잘 발라서 모양을 낸 뒤 튀김 가루를 묻히고 비비안의 특제 소스를 발라 숯불에 구워 낸 꼬치는 맛도 맛이지만, 가격이 저렴해서 돈 없는 학생이나 가난한 서민들이 먹기에도 부담스럽지 않았다.

"비비안, 역시 최고!"

에이단이 엄지를 치켜세우자 비비안의 얼굴에 함박웃음이 피었다.

"쇤네는 도련님이 맛있게 드실 때가 제일 좋습니다. 하나씩 더 만들어 드릴까요?"

"아냐, 이걸로 충분해. 다른 것도 먹으러 가야지."

"옆의 친구분은 아닌 것 같은데요."

"응? 옆?"

고개를 돌리던 에이단은 깜짝 놀랐다. 갑작스레 눈앞에 커다란 곰 인형이 나타났기 때문이다. 데스였다.

"하나 더."

그가 빈 꼬치를 내밀며 당당히 주문했다.

"헐, 벌써 하나 끝?"

에이단은 물론이고 아직 다들 손에 쥔 꼬치가 반 이상 남아 있었다. 녀석이 놀란 듯 바라보자 바율이 변명하듯 대신 말했다.

"그게, 식성이 좀 남다른 편이라서……."

"아아, 그렇구나. 괜찮아, 바율."

바율이 미안한 표정을 짓자 에이단이 아니라며 비비안을 돌아봤다.

"그럼 비비안, 하나만 더 부탁할게."

"헤에, 알겠습니다요!"

싫은 기색 하나 없이 정성껏 꼬치를 만들어 주는 그녀의 모습은 감동스럽기까지 했다.

"퀸은 어때?"

그러고 보니 퀸이 조용했다. 평소 제대로 차려진 정찬이 아니면 손도 대지 않는 그가 아닌가. 더욱이 그는 인어국의 왕자였다. 지느러미 귀의 이방인이 길거리에서 꼬치를 손에 들고 뜯고 있는 장면은 신기하면서도 꽤 이질적이었다.

"…먹을 만하군."

퀸이 할 수 있는 최고의 찬사였다. 한쪽 볼에 소스가 묻은 것도 모를 정도니 정말 맛있다는 뜻이리라.

"함께 온 수하도 잘 먹는 걸 보니 인어족 입맛에도 맞나 보네. 역시 우리 비비안의 꼬치는 세계적이야!"

"뭐, 인정."

오늘 처음 맛보았지만 일라이는 쿨하게 인정했다. 미식가라 자부하는 본인의 입맛을 이 만큼 만족시켰다면 가히 칭찬할 만했다.

"오늘 나만 따라다니면 너희는 횡재한 거야!"

단순히 기분이 좋아서 하는 말이 아니었다. 실제로 에이단이 굳이 먼저 신분을 드러내지 않았음에도 녀석을 알아보는 상인들이 많았다. 당연하게도 그런 그들의 대우는 남달랐다.

비비안처럼 아예 돈을 받지 않는 경우도 허다했고, 받더라도 대폭 할인을 해 준다든가, 덤으로 무언가를 더 얹어 주는 등 다들 챙겨 주지 못해서 안달이었다.

특이한 점이라면 입으로는 '아기 도련님, 아기 도련님' 하며 깍듯이 존대하고 있지만, 정작 그들의 행동과 말투는 이웃집 막둥이라도 대하듯 편안해 보인다는 것이었다.

"이제야 네가 레오네트 가문의 자식다워 보이는구나! 그간 몰라봐서 미안하다!"

"갑자기 뭔 소리래?"

"내놓은 자식이 아니라 그냥 호위가 필요 없었던 거였어. 난 그것도 모르고…… 암튼 우리 앞으로 이런 시간 자주 갖도록 하자꾸나!"

에이단의 어깨에 팔을 걸치고 있는 일라이의 얼굴이 어느 때보다 흡족해 보였다. 그런 그의 손목엔 방금 전 원가의 절반 가격으로 구입한 가죽 팔찌가 위용을 뽐내고 있었다.

일라이뿐이 아니었다. 필요한 물품이 있다던 이언도, 마음에 드는 옷가게 앞에서 망설이던 리타도 에이단 덕분에 매우 싼값에 물건을 구입했다. 적어도 녀석과 함께라면 이 야시장에선 꺼릴 것이 없었다.

그래서일까. 언젠가부터 에이단의 곁을 그림자처럼 따르는 존재가 있었으니, 바로 데스였다. 어떤 음식이든 녀석의 옆에 있으면 제일 먼저 받아먹을 수 있다는 걸 일찌감치 파악한 것이다.

"이봐요, 데스 씨. 여기 짐 들러 왔지, 먹으러 왔어요? 도련님 체면이 있지, 이러면 어떡해요! 누가 보면 거지인 줄 알겠어요! 사람들이 뭐라고 생각하겠느냐고요. 도련님이 밥도 안 주고 굶기는 줄 알 거 아니에요! 적당히 좀 먹어요! 네?"

그는 리타의 눈치와 구박에도 꿋꿋했다. 본연의 임무인 짐꾼 노릇에만 충실하면 그만이지 않느냐는 당당함으로 리타의 속을 터지게 하긴 했지만, 한순간도 꾀부리지 않고 맡은 바 책임을 다했다.

"이제 그만 갈까?"

설탕이 듬뿍 발라진 도넛을 막 입으로 가져가던 데스가 에이단의 발언에 움찔했다. 그것도 잠시, 급히 도넛 두 개를 더 집더니 입 안 가득 욱여넣는다. 그런 그를 리타가 한심하다는 듯 쳐다보았지만, 지금껏 그랬듯 개의치 않고 먹는 데 집중했다. 세상 꿀맛이었다.

"아직 8시밖에 안 됐는데, 벌써 가자고?"

"아니, 집에 가자는 게 아니라 천등 날리러 가자고."

"천등?"

"등불에 소원을 적어 하늘로 띄우는 것입니다. 이맘때 야시장의 꽃이죠."

"엇, 잘 아시네요?"

이언의 설명에 에이단과 일라이 모두 뜻밖이라는 표정이었다.

"캐링스턴이 고향이시거든."

"아, 그래? 제가 고향 사람을 몰라봤네요."

같은 지역 출신이라는 동질감이라도 든 것일까. 이언을 대하는 에이단의 말투가 갑작스레 친근해졌다.

"우와! 소원을 적어서 하늘로 날려 보내는 등불이라니! 그건 어디서 하는 건데요? 저도 할 수 있나요?"

소녀 감성인 리타에게 이보다 더 낭만적인 얘기는 없었다. 하루에도 수십 가지의 소원이 생겨나는 그녀가 아닌가. 안경 너머 리타의 눈이 열의로 번뜩였다.

"당연히 누구나 할 수 있지."

"정말요? 도련님, 저 그거 하고 싶어요! 우리 당장 가요! 네?"

"…그, 그럴까?"

리타가 어찌나 서두르던지 바율은 거의 끌려가다시피 했다.

2.

"역시나 사람이 많네."

천등을 날리는 장소는 야시장 거리와 꽤 떨어진 곳에 위치하고 있었다. 그럼에도 야시장의 꽃이라는 명성답게 많은 사람들로 붐비고 있었다.

"으, 이 다리 너무 흔들리는데? 이러다 우리 다 밑으로 떨어지는 거 아니야?"

다리를 지나야만 목적지였다. 눈이 어두울 방문객을 위해 횃불을 밝혀 둔 다리는 유난히 흔들리는 것만 빼면 꽤 운치 있었다. 방문객을 환영하는 글귀가 바닥에 크게 쓰여 있었고, 양쪽 난간으로는 색색의 작은 천등이 줄지어 매달려 있었다.

"이건 일부러 그러라고 만든 다리야. 일명 출렁다리라고 불리는데, 못 들어봤어?"

"출렁다리?"

"응, 구름다리, 하늘다리, 흔들다리 등 이름도 다양해서 부르는 사람 마음이지. 나름 캐링스턴의 명물인데 진짜 몰랐나 보네. 이언 경께선 당연히 처음 아니시죠?"

"네, 뭐 그렇긴 합니다."

이언의 말투에서 미묘한 뉘앙스가 느껴졌다.

"혹시 무슨 안 좋은 기억이라도……?"

에이단이 조심스레 묻자 이언이 잠시 망설이는 듯하더니 어깨를 으쓱이며 말했다.

"징크스라고 할까요? 이곳에만 오면 이상하게 몸을 써야 하는 상황이 발생해서 말입니다."

"몸을 써야 하는 상황이라면……?"

"생각하시는 그것이 맞습니다."

기사인 이언에게 몸을 써야 하는 상황이라면 한 가지밖에 없다.

"설마 칼부림을…… 아니, 칼싸움을……!"

칼부림이나 칼싸움이나 비슷한 말이었다. 그래도 상대가 상대인지라 에이단은 서둘러 정정했다.

"어릴 때야 맨손으로 치고받는 게 다였지만, 크고 나서는 무기를 들기도 했지요. 뭐 이제는 다 지나간 얘기입니다. 설마 오늘마저 그럴까요?"

십여 년 만에 돌아온 고향이었다. 그사이 원한을 산 적도, 특별히 실수를 한 적도 없다. 오늘이야말로 징크스가 깨질 차례였다.

"여어, 이게 누구야! 바율 도련님 아니신가!"

하지만 누군가 그러지 않았던가. 설마가 사람을 잡고 원수는 외나무다리에서 만나는 법이라고. 다리 건너편에서 똘마니들과 호위 기사를 대동한 채 걸어오는 자레드를 발견한 순간 바율은 꿈이라도 꾸는 줄 알았다.

"곱게 자란 도련님이 이런 누추한 곳까지 어인 일로 행차하셨대. 야시장이 궁금하기라도 하셨나?"

녀석의 비열한 눈동자가 바율의 주변을 훑었다.

"땅꼬마에 천박한 집시, 그리고 비린내라. 훗, 완벽한 조합이군."

알아들을 수 없는 말을 중얼거리며 자레드가 뒤를 돌아봤다. 그것은 마치 신호 같았다. 녀석을 호위하던 사내 넷이 기다렸다는 듯 저벅저벅 걸어 나왔다.

"이거 무슨 의미냐?"

"설마 우릴 뭐 어떻게 하겠다, 그런 뜻은 아니지?"

일행에게로 점점 다가오는 사내들의 태도는 꽤 위압적이었다. 그럴 리는 없겠지만 당장에라도 허리에 찬 검을 뽑을 태세였다.

"왜 아닐 거라고 생각하지?"

자레드의 입꼬리가 히죽 말려 올라갔다.

"이런 날이 오기를 내가 얼마나 고대했는데! 네깟 것들이 감히 날 골탕 먹여? 상벌 위원회, 그거 너희 짓이지?"

"호오! 멍청한 줄만 알았는데 눈치는 또 있네?"

"그러게. 바보 같은 짓만 골라서 하길래 절대 모를 줄 알았는데 어떻게 알았지?"

"신기한 일이군."

일차적으로 에이단이 속을 긁고, 뒤이어 일라이가 보탠다. 평소 조용하던 퀸까지 합세하자 녀석의 얼굴에서 웃음기가 싹 사라졌다.

"이것들이 정말 죽으려고!"

엄한 화풀이가 호위들에게로 쏟아졌다.

"거기 멀뚱히 서서 뭐 해! 저것들 다시는 주둥이 함부로 놀리지 못하게 혼쭐을 내 주란 말이야! 당장 내 앞에 무릎 꿇리라고!"

바짝 약이 오른 자레드가 욕설을 섞어 가며 명령하자 사내들의 눈빛이 바뀌었다. 기사라는 작자들이 철없는 주인의 명에 놀아나는 꼴이 참으로 우습지만 그걸 따질 겨를이 없었다.

"잠시 뒤로 물러나 계십시오."

지금과 같은 사태를 대비하고자 이언이 동행한 것이었다. 잠자코 추이를 지켜보던 그가 남모를 한숨을 내쉬며 앞으로 나섰다.

"사 대 일. 수적으로는 우리가 완전 열세네."

"싸움을 누가 쪽수로 하냐? 열이나 세라. 그 안에 정리될 것 같으니까."

"열까지 셀 필요가 있을까?"

"음, 그럼 한…… 다섯?"

무기를 소지한 장정 넷이 위협적으로 접근하고 있음에도 에이단과 일라이의 얼굴은 평온하기만 했다. 다리 난간에 몸을 기댄 채 여유롭게 팔짱까지 낀 모습이 흡사 공연 관람이라도 온 것 같았다. 퀸 역시 걱정 따위는 전혀 없는 특유의 무심한 표정으로 대치 상황을 지켜볼 뿐이었다.

"조심하세요, 이언 경."

염려 섞인 목소리로 당부하는 바율 또한 크게 걱정하는 기색은 아니었다. 검을 들고 싸우는 이언의 모습을 직접 본 적은 없지만 바율은 그의 실력을 믿었다. 아버지께서 이언만을 홀로 호위 기사로 붙이신 건 그럴 만한 역량이 있기 때문일 것이다. 그와 함께 온 것이 새삼 다행이었다.

"지금이라도 물러나면 없던 일로 하겠다."

마지막으로 이언이 경고했다. 같은 기사로서 주인을 잘못 만난 상대에 대한 나름의 배려였다.

하나 다수의 입장에서 오는 자신감 때문일까. 사내들의 얼굴에 떠오른 건 오히려 비웃음이었다.

당신 혼자서 우리 넷을 감당할 수 있겠어?

단언하건대 그들은 자신들이 누구를 해코지하려고 했는지 전혀 모르는 게 분명했다. 그게 아니라면 절대 이렇게 나올 수 없었다.

"하는 수 없군."

나중에 후회해도 소용없다는 말은 굳이 하지 않았다. 이만하면 충분히 주의를 준 셈이다.

"속전속결로 끝내지."

검을 쓰는 것이 더 빠르겠지만, 축제의 한복판에서 피를 보는 것은 다른 이들에게 큰 실례였다. 이언이 손가락을 모아 칼날처럼 세우고는 비호같이 움직였다.

탁! 탁! 탁! 탁!

"헉!"

"뭐, 뭐지?"

단 한 번의 움직임이었다. 그것만으로 갑자기 네 사내가 약속이라도 한 듯 쓰러졌다. 당연히 다들 어안이 벙벙했다. 무엇을 어떻게 한 것인지 아예 보지도 못했다. 그저 눈 한 번 깜빡였을 뿐인데 사내 넷이 기절했다.

"대애박!"

"엄청 빠르다!"

직접 보고서도 믿지 못할 풍경이었다. 상대가 비명조차 지르지 못했다는 건 그만큼 기술이 정확하다는 뜻이다. 무기도 없이 맨손으로 일순간에 기사 넷을 무력화시킨 이언의 무위는 그야말로 신기에 가까웠다. 덕분에 어딘가에서 지켜보고 있을 리자이, 리바이 형제는 나설 필요가 전혀 없었다.

"읏! 으아아아아!"

이언과 눈이 마주친 똘마니 중 하나가 고함을 내지르며 달아났다.

"나, 나도 같이 가!"

다음 차례는 자신들이라 여겼는지 남은 녀석들도 우르르 도망치기 시작했다. 억울함과 분노가 치밀었지만 호위 기사 넷이 몽땅 기절한 마당에 자레드도 당장 할 수 있는 것은 없었다.

"나, 나중에 두고 보자!"

녀석이 다음을 기약하며 후다닥 자리를 벗어났다.

"꼴사나운 자식. 그러니까 치사하게 애들 싸움에 어른을 왜 끼워 넣어? 다음에 또 그러기만 해 봐라. 아주 퇴학을 시켜 줄 테다!"

"재가 언제 안 치사했던 적 있냐? 난 오히려 너무 자레드다워서 별로 놀랍지도 않다."

"저 자식이 그간 했던 짓을 생각하면 그렇긴 하지. 그나저나 이언 경, 감사해요! 덕분에 위기를 모면했습니다."

이언은 그새 다리를 지나는 보행자들을 위해 기절한 사

내들을 밖으로 옮겨 놓고 돌아왔다. 그는 지금 막 기사 넷을 쓰러뜨린 사람치고 힘든 기색은커녕 호흡 하나 흐트러지지 않고 멀쩡했다.

"할 일을 했을 뿐입니다."

"짐작은 했지만 생각보다 더 대단하신데요."

"다섯까지는 세야 할 줄 알았는데, 한 방에 훅 끝내 버리시다니. 란데르트 가문의 무력은 역시나 무시무시하네요."

에이단과 일라이가 이언의 승리를 철석같이 믿은 건 그를 잘 알아서가 아니라 그가 만월 기사단이기 때문이었다.

성문을 지키는 보통의 병사도 란데르트 가문 소속이라면 다르다는 말이 있다. 하물며 이언은 정식 작위를 받은 기사이자 바율의 전담 호위였다. 정치 놀음이나 일삼는 헥터 가문의 기사 따위가 상대될 리 없었다.

"이언 경, 수고하셨어요. 오늘 안 계셨으면 정말 큰일 날 뻔했습니다."

"아까 곰 인형 탈 때도 그렇고 지금도 그렇고, 이언 경 너무 멋지세요!"

갑작스레 험악해진 분위기에 잔뜩 움츠려 있던 리타가 그제야 안도하며 목소리를 냈다. 바율이 손을 잡아 주지 않았더라면 무서워서 울었을지도 모른다. 태어나고 자라기를 해밀턴의 본성을 떠나 본 적 없는 리타에게 좀 전과 같은 상황은 상상도 못할 일이었다.

"제가 죄송할 따름입니다."

"…네?"

바율은 이언의 뜬금없는 사과를 이해하지 못했다.

"징크스라는 게 이렇게 지독한 것인 줄 미처 몰랐습니다. 제가 괜히 따라와서 소란이 일어난 것 같아 송구하네요."

"아, 그러고 보니 진짜 그러네요? 여기만 오시면 몸을 써야 하는 상황이 벌어진다고 하시더니, 정말로 그렇게 됐잖아요. 우아, 신기하다!"

"그러게. 재밌는데?"

"다음부터는 오게 되더라도 저는 멀찌감치 떨어져 있도록 하겠습니다."

"그래도 오지 않겠다는 말씀은 안 하시네요."

앞으로도 바율 혼자는 보내지 않겠다는 뜻이었다. 오늘만 해도 이런 사건이 벌어졌으니 호위 기사인 이언으로서는 어찌 보면 당연한 말이었다.

"…그럼 이제 그만 천등을 날리러 가 볼까요?"

곤란할 땐 화제를 돌리는 것만큼이나 좋은 것이 없다. 늘 바율의 뒤를 따르던 이언이 다리 건너를 가리키더니 서둘러 앞장서 걸어갔다.

Chapter 6.
절망의 신 데스페라티오

1.

"유령 마을이라고 들어 본 사람?"

꿀맛 같던 주말이 지나고 다시 새로운 한 주가 시작되었다. 교양 과목 중 하나인 지리학 수업 시간이었다. 지역별 농업의 특성에 대해 한창 설명 중이던 블레이크 교수가 느닷없이 질문했다.

평소 학생들의 고민 상담이나 진로 결정에 아낌없는 조언을 해 주기로 유명한 그녀는, 특유의 재치와 입담으로 자칫 지루할 수 있는 지리학 수업을 재미있게 만들어 주는 능력 있는 교수이기도 했다. 그런 그녀에게 아이들이 붙인 별명은 '친절한 블레이크 씨' 였다.

"음, 유령이 사는 마을이라는 뜻인가요?"

"유령이 실존한다고 생각하니?"

"네, 뭐…… 직접 본 적은 없지만 있을 것 같은데요."

한 학생의 대답에 블레이크 교수가 미소를 지으며 말을 이었다.

"그래, 그럼 있다고 치자구나. 사실 여기서 중요한 건 유령이 아니거든."

물, 불, 땅.

블레이크 교수가 돌아서더니 칠판에 커다랗게 글씨를 적었다.

'물, 불, 땅……?'

별 생각 없이 수업을 듣고 있던 바율은 순간 놀라 눈을 흡떴다. 물, 불 그리고 땅. 거기에 바람만 더해진다면 정령의 사대 원소이기 때문이다.

설마 정령에 대해 알고 계신 걸까?

사실 저 세 가지 단어들은 사람에게 필수적인 요소이니만큼 그리 놀랄 것도 없건만, 상황이 상황이니만큼 생각의 방향이 그쪽으로 몰렸다.

함께 수업을 듣고 있던 퀸도 놀란 듯 고개를 획 젖히며 바율을 쳐다봤다.

"물은 우리가 살아가는 데 없어서는 안 될 아주 중요한 물질이다. 물이 없으면 다른 문제는 다 차치하고서라도 목마름으로 죽게 되겠지. 불은 어떨까? 우리 인류가 불을 발견하지 못했더라면 추위와 식생활 등 아마 불편한 점이 한두 가지가 아니었을 것이다."

유령.

블레이크 교수가 이번엔 칠판에 유령이란 단어를 덧썼다.

"그런데 이렇게 귀중한 물과 불도 공급이 과하면 문제가 발생한다. 홍수나 산불 등의 자연 재해로 이어지면서 유령 마을이 생겨나기도 하지."

"교수님, 혹시 유령 마을이란 게 사람이 살지 않는 마을이란 뜻인가요?"

"정확하게는 사람이 살지 못하는 마을이다. 땅을 잃어버리게 되는 것이지."

한순간 블레이크 교수가 슬픈 표정을 지었다.

"폭우로 인해 제방이 무너지면서 마을 전체가 물에 잠긴 지역이 있다. 자그마치 19년을 소금물에 갇혀 있었지. 지금은 물이 다 빠졌지만, 이미 폐허가 된 그곳은 더 이상 사람이 살 수 없는 마을이 되었다. 토양의 염분 농도가 높아져 농사는커녕 마실 물조차 공급받을 수 없었거든. 19년 만에 고향 땅을 밟은 사람들은 처음엔 몹시 기뻐했지만 이내 돌아갈 수 없다는 사실에 절망했다."

"19년이나 물에 잠겨 있었다니, 정말 유령 마을이겠네요. 사람이 살았던 흔적만이 남은 텅 빈 곳……."

상상을 해 보니 유령 마을이란 생각보다 끔찍한 이야기였다.

"그럼 이제 불 얘기를 해 볼까?"

불과 관련된 이야기는 훨씬 참담했다.

"자이아 탄광은 제국 최대의 탄전 지대다. 어마어마한 양의 석탄이 묻혀 있지. 우리가 사용하는 석탄의 대부분이 그곳에서 나온다고 생각하면 될 것이다. 그런데 불행하게도 이런 자이아의 탄광에 불이 붙었다. 비가 내리면 세상이 온통 연기로 뒤덮이고, 비가 그치면 다시 땅 위로 불꽃들이 올라오지. 무려 백 년이 넘게 말이다."

"헉!"

"배, 백 년이요?"

아이들이 경악하는 소리가 들렸다. 100년이 넘도록 불이 꺼지지 않는 곳이 있다니 말도 안 되는 이야기였다. 석탄하면 자이아 탄광촌을 연상하는 건 너무나 자연스러운 수순이지만, 누구도 이런 비사는 들어 본 적이 없었다.

"지표면의 열기 때문에 땀은 쏟아지고, 가만히만 있어도 숨이 턱턱 막힌다. 매캐한 냄새 역시 피할 수 없지. 놀라운 점은 그런 열악한 환경에도 아직 살아가는 사람들이 있다는 것이다."

"사람이 산다고요? 어떻게요?"

이어진 블레이크 교수의 설명은 도무지 믿을 수가 없을 만큼 비참했다.

버려진 광산에서 맨발에 맨손으로 석탄을 캐어 하루하루를 연명하는 주민들. 엄마 품에서 재롱을 떨어야 할 어린아이부터 허리가 구부러진 노인들까지, 모두 이른 아침부터 탄광에 나와 일을 한다. 그래야 그들은 그날 하루 먹을 식량을 겨우 구할 수 있었다.

"자이아의 불꽃은 식수와 공기까지 오염시키고 있다. 주민들 대개가 크고 작은 병을 안은 채 고통 속에서 살아가고 있지. 정확히 말하자면 자이아는 점점 유령 마을이 되어 가고 있는 곳이다. 진즉에 사람이 살 수 없는 죽음의 땅이 되었지만, 누구는 매장된 석탄 때문에, 누구는 고향을 등질 수가 없어서, 또 누구는 할 수 있는 게 그것밖에 없어서 등여타 많은 이유로 어쩔 수 없이 떠나지 못하고 살아간다. 너무나 비통한 일이지."

"불을 끌 수 있는 방법이 정말 없는 건가요?"

한 여학생의 물기 섞인 질문에 블레이크 교수가 천천히 고개를 저었다.

"안타깝게도 여태까지 분석한 결과, 그건 불가능하다. 우리 인간은 분명 우수한 점이 많지만 그래도 한계라는 게 있다. 자연은 감히 우리가 어떻게 할 수 있는 문제가 아니란다."

"그래도 무슨 수가 진짜 없을까요? 다 같이 힘을 모으면 안 되는 일이 없잖아요!"

"맞아요! 보고만 있기에는 자이아의 주민들이 너무 불쌍해요!"

"글쎄다. 자연을 마음대로 다룰 수 있는 신 같은 존재가 있다면 모를까. 지금은 그리 희망적이진 않구나. 그래도 그들을 염려하는 너희들의 따듯한 마음을 엿볼 수 있어서 기쁘다. 자, 그럼 다시 농업 이야기로 돌아가 볼까?"

블레이크 교수가 다시 책을 펼쳤다. 하지만 그녀의 마지막 말 때문에 바율은 수업에 전혀 집중할 수가 없었다.

처음엔 그녀가 정령에 대해 알고 있을지도 모른다고 생각했다. 지금은 그게 아니라는 것을 알았지만, 실망할 겨를도 없었다.

자연을 마음대로 다룰 수 있는 신 같은 존재. 바꿔 말하면 정령을 움직일 수 있는 정령사, 즉 바율을 뜻한다. 결국 바율만이 자이아의 불꽃을 꺼뜨릴 수 있는 유일한 존재인 셈이다.

그것을 자각하자 정신이 번쩍 들었다. 정령사가 되기로 결심했지만, 그래서 훈련이란 걸 시작했지만 사실 바율은 아직도 막연하고 먼 느낌이었다. 평생을 환자로 살다가 갑자기 남들에겐 없는 능력이 생겼으니 당연했다.

그래서 잊고 있었다. 정령을 도와 세상을 이롭게 할 의무가 있다던 퀸의 말. 당시엔 단순히 도움을 주면 된다고만 여겼는데, 이제 보니 그런 수준이 아니었다. 사태의 심각성을 뒤늦게 깨달은 것이다.

현 제국에서, 아니 대륙 전체에서 숱하게 발생하는 자연재해가 전부 정령의 부재로 인한 것이라고 하였다. 막중한 책임감이 바율을 짓누르며 머릿속이 복잡다단해졌다.

'내가 뭘 어떻게 해야 하지? 무슨 수로 그 큰불을 꺼트리지?'

바율은 무의식중에 목에 걸린 펜던트를 만지작거리며 고민에 휩싸였다. 이제껏 해 보지 못한 걱정거리였다.

"무슨 생각을 그렇게 해?"

얼마나 지났을까. 어깨를 흔드는 누군가의 힘에 의해 바율은 현실로 돌아왔다.

"…어어, 퀸."

"또 어디가 아픈 거냐?"

퀸의 바다색 눈동자가 바율을 살피듯 내려다봤다.

"아니야, 그냥 딴생각 좀 하느라고……."

"안색이 너무 어두운데?"

근심이 얼굴에 드러난 모양이었다. 바율이 속내를 감추며 어색하게 웃는데, 갑자기 강의실 밖에서 그를 부르는 목소리가 들렸다.

"응? 누구지?"

그러고 보니 어느새 수업도 끝나 있었다.

"교수님이 나가시자마자 저러더라. 근데 재가 너를 왜 찾지?"

"…엘레인?"

일전에 로티어스 교수님의 사무실에서, 그리고 아말꽃을 보러 타락의 숲에 갔을 때 잠시 마주쳤던 아이였다. 대화라고는 인사만 한 것이 다지만, 엘레인에겐 부여받은 임무가 있었다. 바로 바율과 신전 사이의 연락 담당.

올 것이 왔구나.

때가 되면 신전의 사제에게 치료를 받는 것이 예전의 바율에겐 익숙하고 당연한 일이었다. 그러나 그것이 오히려 독이 되었다는 것을 알게 된 지금, 더 이상 같은 치료를 받을 순 없었다. 그렇다고 무조건 거부할 수도 없으니 일단 가긴 가야 한다. 그래야 아버지도 안심하실 테니까.

"나 신전에 좀 다녀올게."

"신전?"

"응, 치료 때문에 온 것 같아."

"…너 그러다 또 그런 일 생기면 어쩌려고?"

"그러지 않기를 바라야지."

신성력에 대한 반발이 다시금 생긴다면 전처럼 또 슬쩍 넘어가긴 힘들 것이다. 이번엔 제대로 된 설명을 해야 할 텐데, 아직 바율은 정령에 대해 털어놓을 준비가 안 되었다.

아직 아버지에게도 고백하지 못하지 않았는가. 지금보다 자신감이 생기면, 남들에게 '정령이란 이런 것이다' 하고 확실히 알려 줄 수 있는 날이 오면, 그때 말하고 싶었다.

"너무 걱정하지 마. 그때처럼 의식이 없는 상태는 아니잖아."

"혼자 가도 괜찮겠어?"

"끝나고 식당으로 갈게."

언제까지 친구들에게 의지하기만 할 순 없었다. 혼자 할 수 있는 건 혼자 해내야만 한다.

"그럼 다녀올게."

바율은 일단 호기롭게 일어섰다.

2.

본관 강의실에서 신전까지 가는 길은 꽤 길었다. 중간에 물의 정원을 지나치는데, 그곳에서 놀고 있던 이노센트가 바율을 따라오려고 하는 바람에 떼어 내느라 애를 먹기도 했다.

"여기야."

안내하는 내내 입을 꾹 다물고 있던 엘레인이 앞쪽을 가리키며 드디어 말했다.

"고마워, 너도 바쁠 텐데 이렇게 시간 내서……."

바율이 고맙단 말을 채 끝내기도 전, 엘레인이 더 이상 볼일 없다는 듯 차갑게 돌아서며 왔던 길을 되돌아 나갔다.

이유는 모르겠지만 하나는 확실하게 알겠다. 녀석이 자신을 싫어한다는 것.

왜지? 내가 마법학부인 라이와 친해서? 아니면 귀찮은 심부름을 떠맡게 되어서?

궁금했지만 지금은 물어볼 틈이 없었다. 엘레인이 사라진 방면을 바라보며 바율은 똑똑 문을 두드렸다.

"들어오세요."

곧바로 허락의 음성이 떨어졌다. 바율은 떨리는 마음으로 문을 열고 안으로 들어갔다.

"아, 안녕하세요."

"그래, 바율. 오랜만이지?"

바그너 사제가 환하게 웃으며 바율을 맞았다. 나이는 사십 정도, 부드러운 말씨에 눈가엔 미소 주름이 선명한 매우 선한 인상의 사제였다.

"아니다, 너는 날 처음 보는 것이겠구나. 그땐 의식이 없었으니까. 그럼 내 소개를 해야지. 만나서 반갑구나, 바율. 난 이곳에서 신을 모시며 학생들을 가르치고 있는 바그너 사제라고 한다."

그가 일어서더니 방 중앙으로 바율을 이끌었다.

"여기 앉자꾸나."

"…감사합니다."

"저녁은 먹었니?"

"아니요, 사제님을 뵙고 가려고요."

"그럼 빨리 끝내야겠구나."

바그너 사제가 기꺼운 표정으로 본론을 꺼냈다.

"짐작하고 있겠다만, 내가 널 부른 이유는 네 건강 때문이란다. 란데르트 공작 전하께서 말씀하시길 반드시 정기적인 치료가 필요하다고 하셨거든. 전에 그 일도 있었고 말이야."

"그때는 정말 감사했습니다. 저 때문에 많이 힘드셨다고요. 일찍 찾아뵙지 못해서 죄송합니다."

"마땅히 해야 할 일을 했을 뿐이다. 넌 잘못한 것이 없으니 사과할 필요도 없단다."

"하지만……."

"그보다 요즘은 어떻지? 지금 얼굴색은 좋아 보이는데, 혹시 그사이 어디가 아프다거나 특별히 힘들었던 적이 있었니?"

"아니요, 아무 문제 없습니다. 아주 멀쩡해요."

"잠도 잘 자고 있고?"

"네."

"그래, 좋구나. 하면 내가 잠시 몸을 살펴봐도 될까?"

바율은 고개를 끄덕이며 그가 가리키는 침상으로 가 몸을 뉘었다.

"자, 마음을 편안하게 갖고 잠시 눈을 붙인다 생각하려무나."

바율이 눈을 감자 바그너 사제가 교차시킨 양손을 바율의 복부에 얹었다. 과거에도 많은 사제들이 바율의 몸을 점검할 때 하던 방법이었다. 어떤 원리인지는 모르겠지만 그들은 자신들이 지닌 신성의 힘을 이용해 아픈 자를 치료하기도, 몸 상태를 알아내기도 하였다.

"응?"

그렇게 얼마나 지났을까. 서늘하면서도 이질적인 기운이 몸속을 헤집는 것이 느껴졌다. 어쩐지 이전과는 다른 느낌이라고 바율이 생각하는 순간, 바그너 사제가 흠칫거리며 손을 뗐다.

"어째서……?"

그런 그의 얼굴엔 알 수 없는 의문이 서려 있었다.

"…사제님?"

"왜 너에게서……!"

바그너 사제의 초점이 바람 앞의 갈대처럼 흔들렸다. 그가 도무지 믿기지 않는다는 듯 바율을 쳐다봤다.

설마 정령의 기운이라도 읽으신 걸까?

가슴이 콩닥콩닥 뛰었지만 바율은 애써 침착함을 유지하며 몸을 일으켰다.

"혹시 이곳에 와 본 적이 있니?"

"이 신전이라면 오늘이 세 번째인데요……."

"이런, 내 질문이 잘못되었구나. 그러니까 내 말은 데스페라티오 님을 뵌 적이 있느냐는 것이었다."

"…데스페라티오 님이요?"

생소한 이름에 바율이 어리둥절해하자 바그너 사제가 덧붙였다.

"절망의 신이시다."

"아, 절망의 신이라면 이 신전에서 모시는……."

"맞다. 네 고향 해밀턴에선 주로 전쟁의 신 아고스를 섬긴다지? 한데 어찌하여 네게서 데스페라티오 님의 기운이 느껴지는 걸까?"

"예에? 제게서요?"

"그래, 그것도 아주 강한 친화력이 말이다."

오랜 세월 절망의 신을 모신 고위 사제에게서나 느낄 법한 수준이었다. 일전에 기절했을 때는 전혀 없던 친화력이 어떻게 이렇게 갑자기 생겨난 것인지, 직접 목도하고서도 바그너 사제는 도무지 믿을 수가 없었다.

하지만 황당하기로 따지자면 바율이 더했다. 난데없이 마신과의 친화력이 웬 말이란 말인가. 절망의 신이 있다는 것도 아카데미에 입학하고서야 알았다. 신전에 온 것도 고작 세 번, 그것도 치료를 위해 온 게 다였다.

혹시 정령의 기운을 잘못 느끼신 건 아닐까?

두 기운의 느낌이 비슷하다면 충분히 착각할 수도 있지 않을까?

"거참 신기한 일이로구나. 이게 무슨 조화인지 모르겠다. 당사자인 넌 전혀 모르는 것 같은데 이런 현상이 일어나다니…… 친화력이란 건 일종의 간택이란다. 신께서 직접 당신의 종을 뽑는 것이지. 후보자는 당연히 신전을 찾는 신도들이며 친화력에 따라 고위 사제가 될 수도, 성기사가 될 수도 있는 거란다. 참고로 신앙심과는 완전히 별개의 것이지."

"하지만 저는 신도가 아닌데요……."

“그러니까 말이다. 이 같은 친화력이라면 필히 신께서 직접 널 선택하셨다는 뜻인데, 어찌 신앙심도 없는 너를…….”

이해하려고 하면 할수록 되레 이해할 수 없는 상황이었다. 신도도 아닌 바율에게서 어찌 이토록 친밀한 기운이 느껴진단 말인가. 만약 다른 신도들이 이 사실을 알게 된다면 질투심과 허탈감에 사로잡힐 수도 있으리라.

“바율, 신학부에 들어오지 않겠니?”

“…사제가 되라는 말씀인가요?”

“아니다, 내가 실언을 했구나.”

오랜만에 느껴 본 강력한 친화력에 그만 자신도 모르게 튀어나온 말이었다. 공작가의 자제에게, 그것도 란데르트 가문의 뒤를 이을 후계자에게 신학을 제안하다니 큰 실수였다.

“못 들은 것으로 해 주려무나. 내가 너무 내 입장에서만 생각했다.”

“아닙니다. 괜찮습니다.”

“어쨌건 다행이구나. 행여 이전처럼 치료 중 또다시 이상 현상이 벌어지면 어쩌나 내심 걱정했는데, 이제 그럴 일은 없을 것 같으니 말이다.”

바그너 사제는 정령들이 날뛰었던 걸 단순히 이상 현상이라고 치부하며 넘겼다. 신을 모시는 사제여선지 다소 의아할 법한 일임에도 있는 그대로 받아들이는 것 같았다.

"영문은 모르겠다만 이건 분명 좋은 징조임이 틀림없다. 친화력은 그 자체로 몸을 보해 주기도 하거든. 당분간은 신성력 치료가 필요 없을 것 같으니, 오늘처럼 간간이 몸 상태만 살피도록 하자꾸나."

"감사합니다."

뜻밖의 결과였다. 조금 전까지만 해도 억지로 치료를 계속 받아야 할 줄만 알았는데, 쓸데없는 걱정이었다.

"그래도 행여 불편한 곳이 생기면 당장 찾아와야 한다. 알겠지?"

"네, 명심하겠습니다."

"그래, 그럼 어서 가서 저녁 식사하려무나. 많이 시장하겠다."

"다음에 뵙겠습니다."

바그너 사제에게 정중히 인사하고 방을 나서는 바율의 얼굴은 들어설 때와 천지 차이였다. 친화력이란 게 어디서 어떻게, 갑자기 왜 생긴 것인지는 몰랐다.

그러나 어찌 되었든 한동안 신성력 치료를 받지 않아도 된다니 마음은 한결 가볍다. 친구들이 기다리고 있을 식당으로 향하는 바율의 입가에 오랜만에 편한 미소가 떠올랐다.

Chapter 7.
왕실 초청장

1.

"엇? 비가 오네."

신전을 나와 식당에 다다랐을 즈음 별안간 투두둑 비가 쏟아졌다. 식사 후 교정을 거닐던 아이들이 소리를 지르며 지붕 밑으로 달려갔다. 그 틈에는 당연히 바율도 있었다.

"바율! 여기!"

젖은 머리를 털며 식당에 들어서자 친구들이 손을 흔들며 바율을 불렀다. 탁자 위를 보니 식사는 진즉에 끝난 모양이었다.

"헤에, 아직 있었네. 로건도 안녕."

어떻게 알고 찾아왔는지 로건도 함께였다.

"얘기부터 해 봐. 어떻게 됐냐?"

빵과 우유를 건네주며 일라이가 물었다.

"잘 마무리됐어. 당분간 치료는 안 받기로 했고."

"치료를 안 받기로 하다니? 어떻게?"

"지금은 멀쩡하니까 아프면 다시 오래?"

"그게 말이야. 나도 좀 황당한데……."

이유가 이유이다 보니 말이 쉽게 나오지 않았다. 우유가 담긴 컵을 손에 든 채 만지작거리는 바율을 친구들이 이상하다는 듯 쳐다봤다.

"뭔데 그래?"

"누가 들으면 안 될 얘기야?"

"…너희, 친화력이란 말 알아?"

바율은 최대한 목소리를 낮게 깔았다.

"친화력이라면 사람들과 잘 어울리는 능력 말이야? 나 같은 사람?"

"아니, 사람 말고 신과의 친화력."

"아아, 신앙심 같은 거?"

"그것과는 다르대. 바그너 사제님 말씀이 친화력은 신이 선택하는 거라고 하셨어. 신앙심이 아무리 높아도 친화력이 부족하면 신성력을 발휘할 수 없다나 봐."

"그러니까 일종의 재능 비슷한 거네?"

"그래서 그 친화력이 어쨌다는 건데?"

"…설마 너한테 그게 있다는 건 아니지?"

역시나 눈치 빠른 일라이였다. 그가 인상을 찌푸리며 고개를 저었다.

"여기 신이라면 절망의 신이잖아. 더럽고 추악한 마계의 마신 중 하나인데, 네게 그놈과의 친화력이 있다고? 아니야, 절대 아닐 거야!"

"라이, 무려 신과의 친화력이야. 마신이라고 다 나쁜 신만 있는 것도 아닌데, 축하는 못 할망정 왜 악담이냐?"

"축하는 개뿔! 마계 놈들은 죄다 사악하고 잔인하고 정신 나간 것들이라고! 그놈들이 인간계에 나타날 때 쓰는 방법 중 가장 대표적인 게 뭔지 알아? 친화력이 높은 인간의 몸을 이용하는 거야! 에이단, 넌 뭘 알지도 못하면서 좋다는 거냐?"

"라이, 목소리 낮춰. 다 듣겠어."

"그래, 시끄럽게 왜 이렇게 떠들어? 아직 바율 얘기도 다 안 끝났잖아. 그래서, 그 친화력인지 뭔지가 네게 있다는 거야?"

"응, 퀸. 어째선지 그게 나한테 있다네."

"내가 네게서 물의 기운을 느끼듯, 그 사제도 네게서 그런 기운을 느낀 건가?"

“그런 것 같아. 신과의 친화력은 몸을 보하는 능력이 있기 때문에 당분간 치료도 필요 없을 거라고 하셨어.”

“오, 정말? 그럼 억지로 신성력을 붓지 않아도 된다는 거네? 잘 됐다! 그 친화력이란 거 나한테도 있었으면 좋겠다!”

“야! 넌 내 말을 듣고도 그딴 말이 튀어나오냐? 마계 놈들은 멀리해야 한다니까!”

“라이, 너 마계랑 무슨 척졌어? 왜 그렇게 민감한데?”

마계의 마신이 천계의 천신보다 위상이 떨어지는 건 사실이지만, 마신이라고 무조건 나쁜 신만 있는 것도 아니었다. 많은 성서에서 마신의 선행을 기록하고 있었다.

“내가 척은 무슨. 그냥 난 마계 놈들이 싫다, 뭐 그거지.”

“그냥 싫은 정도가 아닌데? 안 그러냐, 퀸?”

“마족에게 뒤통수라도 맞은 것 같은 반응이군.”

“뭐, 뭐야?”

퀸의 지적에 일라이의 두 뺨이 순식간에 벌게졌다. 드물게 당황하는 그 모습에 에이단이 낄낄거렸고, 퀸은 한숨을, 로건은 바율의 안위를 살폈다.

“바율, 사제님께서 다른 말씀은 없으셨어?”

“응, 아무런 이상 없대.”

“그 친화력이란 게 다른 문제가 되는 건 아니지?”

“나도 잘은 모르겠는데 일단 별 탈은 없을 것 같아. 몸을 보호해 준다고 하니까 오히려 도움이 되면 되겠지."

"근데 바율, 절망의 신 이름이 뭐야? 생각해 보니 어디서도 들어 본 적이 없는 것 같아서."

바율이 염려하는 로건에게 걱정 말라는 말을 막 하려는데, 에이단이 불쑥 물었다.

"이름?"

"어, 신들은 다 이름이 있잖아. 몰라?"

"바그너 사제님께서 알려 주시긴 하셨어. 뭐였더라. 데스…… 맞아, 데스페라티오!"

"데스페라티오? 이름이 좀 어렵네? 무슨 뜻이지?"

"모르겠어. 고대어 같아."

"절망의 신 데스페라티오라…… 흠, 앞으로 주의 깊게 보도록 해야겠군."

"데스, 뭐라고? 그게 누군데? 누구길래 우리 레오네트 가문의 차남께서 주의 깊게 보신다는 걸까?"

에이단의 비어 있던 옆자리 의자가 끽 바닥을 끄는 소리와 함께 불청객이 나타났다. 어디든 사건이 생길 때마다 빠지지 않고 등장하는 주근깨 소년, 슈빅이었다.

"데스가 누군지 알고 싶냐?"

"오, 이렇게 바로 신속하게 말해 줄 줄은 몰랐는데! 누구야, 데스가?"

평소와 다른 에이단의 친절에 슈빅이 함박웃음을 띠며 바투 다가섰다. 에이단이 씩 웃더니 녀석의 귀에 속삭였다. 아니, 소리쳤다.

"데스가 누구냐면…… 바율의 집에서 일하는 하인이다! 야시장에서 우리의 짐꾼 노릇을 아주 톡톡히 했던!"

"아 씨, 깜짝이야! 귀청 떨어지게 갑자기 소리는 왜 지르냐?"

"예의 없게 남의 얘기 몰래 엿들은 게 누구더라?"

"엿들은 게 아니라 그냥 들린 거거든! 비밀 얘기면 아무도 없는 데 가서 하든가!"

"안 그래도 곧 가려던 참이다. 바율의 식사만 끝나면 말이지."

"와! 내가 이제 갓 입수한 따끈따끈한 소식을 알려 주려고 친히 찾아왔건만 이렇게 박대를 하냐? 그래, 가라! 가! 치사해서 안 알려 줄란다!"

"따끈따끈한 소식이 뭔데?"

"궁금하기는 한가 보지?"

안 알려 준다고 할 때는 언제고 에이단이 관심을 보이자 슈빅이 신이 나서 돌아섰다.

"대박, 더 대박. 뭐부터 들을래?"

"대박."

에이단의 선택에 슈빅이 그럴 줄 알았다는 듯 빙긋거리더니 또박또박 입을 크게 벌렸다.

"자레드 번 헥터."

"…그 녀석이 뭐?"

"뭐냐니, 자레드 하면 생각나는 거 없어?"

"혹시 상벌 위원회 결과 나왔어?"

"딩동댕!"

바율의 짐작이 맞았다. 슈빅이 바율을 향해 엄지를 치키더니 조금 전 본인의 귀로 똑똑히 훔쳐 들은 판결을 전했다.

"자레드 외 똘마니 여섯. 전부 10일 간의 유기 정학에 처한다. 땅땅땅!"

"헐, 그 짓을 저질렀는데 꼴랑 10일?"

아버지의 작위가 작위이니만큼 어느 정도 봐줄 거라 예상은 했지만, 이건 아니었다. 에이단을 도둑으로 모함한 건 제외하더라도, 학생 신분으로 도박과 술 등 해서는 안 될 짓을 상습적으로 해 댔다. 그런 놈에겐 정학 10일이 아니라 퇴학을 내려야 한다.

"워워, 아직 내 말 안 끝났어."

에이단이 당장에라도 쫓아갈 듯 분기하자 슈빅이 진정하라며 말렸다.

"헥터 공작이 막판까지 엄청 손을 쓴 모양이네. 돈이라도 왕창 쥐여 줬다냐?"

일라이의 이죽거림에 슈빅이 어깨를 으쓱이며 말했다.

"거기까진 나도 모르지. 근데, 봉사 활동 명령이 자그마치 백 일이란다. 내일부터 백 일 동안 아카데미 내 인부들과 함께 잡일을 한다는 거야. 대박이지 않냐?"

"자레드 그 자식이 그걸 하겠냐? 보나 마나 땡땡이겠지."

"어허, 무슨 말씀을! '봉사 활동에 성실히 임하지 않으면 즉시 퇴학 처분을 내릴 터이니 신중해져야 할 것이다' 라고 하시는 걸 내가 또 듣고 왔지! 으하하, 완전 통쾌하지 않냐? 그 자존심에 잡일을 어떻게 하냐고. 내가 예언하는데, 그 자식 퇴학당하기 전에 자퇴부터 할걸?"

태어나면서부터 남을 부리며 살아온 자레드였다. 상대를 짓밟고서라도 반드시 우위에 서야만 하는 녀석의 성격상, 봉사 활동 명령은 허사였다.

"아니, 안 보일 땐 몰라도 보고 있을 땐 척이라도 할 거야."

"로건, 그걸 네가 어떻게 알아?"

잠자코 듣고만 있던 로건의 확신에 다들 의아함을 표하자 그가 덧붙였다.

"누구라도 무서운 존재가 하나씩은 있는 법이니까."

"아버지 말이로군."

우습다는 듯 퀸의 입꼬리가 말려 올라갔다.

"제국 통념상 귀족가의 자제라면 아카데미 졸업장은 필수야. 특히나 그게 가문을 이을 후계자라면 더더욱."

"그러고 보니 내가 자꾸 잊는단 말이야. 그 망나니 자식이 차기 공작이라는 걸. 말세라니까, 말세."

"헥터 공작이 상벌 위원회에 힘을 쏟은 건 그래서야. 이왕 필요한 졸업장이라면 대륙 어느 나라를 가도 알아주는 이곳이 낫다고 판단했겠지."

"그래서 봉사 활동 명령 백 일을 감수했다? 음, 듣고 보니 일리 있네."

"지나가다 그 녀석 잡일하는 모습 발견하면 뭐라고 해주지? 지금부터 미리미리 생각해 놔야 제대로 약을 올릴 텐데."

"에이단, 일단 지금은 다른 소식부터 들어 보자. 아직 하나가 더 남았잖아."

자레드 얘기를 오래 해서 좋을 건 없었다. 남은 빵을 한 입에 털어 넣으며 바율이 화제를 돌리자 슈빅의 눈빛이 다시금 초롱초롱하게 빛났다.

"짠! 이게 뭘까낭?"

녀석이 품에서 종이 뭉치를 꺼내더니 쫙 펼쳤다.

"시험지냐?"

"일단 줘 봐. 읽어 보게."

"싫다! 이런 중대 발표를 너희에게 넘길 수는 없지. 내가 읽을 테니까 잘 들어들 보라고. 큼큼!"

슈빅의 목소리가 커졌다. 일행뿐 아니라 식당 안의 모든 이들에게 주목하라는 뜻이었다. 실제로 안 그래도 무슨 일인가 싶어 기웃거리던 학생들이 일제히 탁자로 몰려들었다.

슈빅이 의자 위로 껑충 뛰어올랐다.

"협조 공문서!"

녀석이 주변을 빙 둘러보더니 사뭇 진지한 어조로 발표했다.

"친애하는 라인하르트 총장님께. 금번 린데만 황태자 전하의 탄신일을 맞이하여 귀 아카데미의 우수 학생들을 초대하고자 합니다. 갑작스러운 초청이나 부디 기꺼운 일이라 여기시고 학생단을 꾸려 아래 기재되어 있는 날짜까지 베르가라를 찾아 주십시오. 기쁜 마음으로 기다리고 있겠습니다. 담당 부서……."

슈빅의 뒷말은 이어지지 않았다. 아니, 정확하게는 들리지 않았다. 린데만 황태자가 거론된 이후부터 시끌벅적 요란해지나 싶더니 베르가라라는 단어가 나온 순간 비명과 환성이 식당을 메웠다.

정식으로 황태자를 알현할 수 있는 기회.

제국에서 가장 아름다운 건축물로 평가받는 황궁 베르가라를 직접 구경할 수 있는 호기.

이런 꿈같은 이야기에 열광하지 않는 건 십 대답지 않았다. 하나 모두가 같은 반응을 보이는 건 아니었다.

"너희는 표정이 왜 그러냐? 반응들이 왜 이래?"

방방 뛰며 신난 아이들을 흐뭇하게 바라보던 슈빅의 눈에 이상한 광경이 잡혔다. 기뻐서 날뛰어도 모자랄 판에 얼굴들이 왜 죽상이란 말인가? 그것도 전부 약속이라도 한 듯이 말이다.

"너희는 안 좋아? 안 기뻐? 베르가라에 가게 생겼는데?"

"별로 안 궁금해서."

어이는 좀 없지만 이해할 수는 있었다. 퀸은 인간이 아니니까.

"에이단, 너는? 넌 왜 시큰둥하냐?"

"나야 가 봤으니까."

"헐! 가 봤다고? 진짜?"

"응."

황궁이 참 예쁘긴 했지만, 자신의 취향이 아니었단 말은 굳이 하지 않았다. 사실 그곳은 에이단에게 안 좋은 기억을 심어 준 장소이기도 했다.

"설마…… 로건 너도? 너도 가 봤냐?"

끄덕.

당연하다는 듯 위아래로 고개를 끄덕이는 로건에게서 시선을 돌리며 슈빅은 마지막 기대를 걸었다.

"바율은 물으나 마나일 테고…… 라이, 넌 안 가 봤지? 그치?"

"난 왜 질문이 안 가 봤냐는 건데?"

"그야 넌……."

"미천한 집시라서?"

"그렇다기보다…… 귀족이 아니라는 거지."

슈빅이 슬쩍 눈길을 피하자 일라이가 피식 웃으며 뒤늦은 대꾸를 했다.

"그래, 황도 근처도 못 가 봤다. 됐냐?"

"역시, 그럴 줄 알았어! 나도 못 가 봤거든! 근데 넌 표정이 왜 별로인 건데? 이런 데는 관심 없어? 화려한 거 좋아하지 않았나?"

"관심이야 있기는 하지. 근데 뭐, 내가 사절단에 뽑히겠냐? 누가 집시 출신을 황궁에 들여보내 주겠어. 아예 기대 자체를 안 하는 거지."

"무슨 소리야! 학부 수석이 안 가면 거길 누가 간다고!"

"너야말로 뭔 소리냐. 학부 수석이라니?"

슈빅의 뜬금없는 소리에 일라이뿐 아니라 다들 어리둥절했다. 그도 그럴 것이 아직 성적 발표는 나오지도 않았기 때문이다. 아무리 녀석이 정보통이라지만 성적까지 미리 알 방법은 없었다.

"내가 봤어. 마법학부 수석에 일라이, 네 이름 적혀 있는 거."

"…진짜냐?"

"그렇다니까. 이 공문서 몰래 베끼러 들어갔다가 딱 발견했지. 축하한다, 짜식! 좋겠다!"

"나는? 내 것도 봤어?"

에이단에겐 장학금이 걸린 문제였다. 녀석이 찰싹 붙어서 간절한 눈빛을 보내자 잠시 망설이던 슈빅이 고개를 끄덕였다. 사실 장난을 좀 치려다가 왠지 후환이 두려워서 바로 포기했다.

"에이단, 너도 축하한다! 예상은 했지만 정말 대단해. 부럽다, 진짜!"

"우, 우와! 나도 수석이야? 내가 진짜 일등이야?"

"응, 근데 너 말고도 둘이 더 있어. 저기."

기쁨이 분노로 바뀌는 것은 순식간이었다. 슈빅이 가리키는 '저기'는 바라볼 필요도 없었다. 그곳엔 틀림없이 로건이 있을 테니까.

"망할!"

또 한 명은 라나사겠지.

"공동 수석이면 뭐 어떠냐? 나는 꼴찌라도 했을까 봐 조마조마하구먼."

"네 성적은 못 본 모양이지?"

"각 학부별, 학년별 수석자 명단밖에 없더라고. 궁금할까 봐 미리 얘기하는데 바율이랑 퀸, 너희 이름은 없더라. 분발 좀 해야겠는데? 쿡쿡!"

"애들은 안 물어봤거든! 그리고 아무리 못해도 너보다는 잘 봤을 테니까 걱정을 마셔라. 알겠냐?"

슈빅이 괜스레 가만히 있는 바율과 퀸을 놀려 대자 에이단이 응징에 나섰다. 녀석이 슈빅의 목에 팔꿈치를 걸고 짤짤 흔들었다.

"아야야야! 아파, 놔 줘!"

"다시는 헛소리 안 한다고 맹세하면 놔 주지."

"내가 무슨 헛소리를 했다고 그래!"

"그렇단 말이지?"

슈빅의 반항에 에이단이 눈썹을 치키더니 더 깊은 조임에 들어갔다. 저항은 길지 않았다.

"맹세! 맹세! 완전 맹세!"

"진작 그럴 것이지."

에이단이 물러나자 슈빅이 컥컥거리며 숨을 몰아쉬었다. 물론 그런 녀석의 눈에는 불꽃이 튀고 있었다.

"복수할 거야."

"언제든지."

"불의의 기습에 대비해야 할 거다."

지켜볼 거라는 듯 슈빅이 두 손가락을 이용해 자신의 눈과 에이단의 눈을 번갈아 가리키며 경고했다. 장난 섞인 대화였지만 진심이 꽤 많이 들어가 있기도 했다.

"애들아! 내가 재밌는 얘기 하나 더 해 줄까?"

에이단을 향해 혀를 삐죽 내밀고는 슈빅이 자신을 반겨주는 아이들 틈으로 휙 사라졌다. 왁자지껄한 소음 속에서도 슈빅의 목소리는 단연 돋보였다. 오늘이야말로 정보통이자 이야기꾼인 슈빅의 매력이 빵 터지는 날이었다.

2.

"에이단, 라이, 로건. 셋 모두 축하해! 나란히 학부 수석이라니 너무 멋지다!"

식당을 나서자 대번에 귀가 편해졌다. 슈빅의 노고 덕분에 식당 밖은 식당 안보다 비교적 한산했다.

"내가 좀 열심히 하긴 했지."

으쓱이는 일라이의 모습 뒤로 붉은 노을이 아스러졌다. 순간 녀석의 머리칼과 눈이 오묘하게 빛나며 신비스러운 분위기를 연출했다.

"에이단은 장학금 받게 돼서 정말 다행이야. 일하면서 공부하느라 힘들었을 텐데 진짜 대단해."

"시험 망쳤다고 징징대더니 그건 다 뻥이었어. 이 요망한 녀석!"

그간 속은 게 억울했는지 일라이가 에이단의 머리를 마구 흩뜨렸다.

"아 씨, 왜 머리를 만지고 그래! 가뜩이나 곱슬이라 비 오면 짜증 나는데!"

그러고 보니 녀석의 머리칼이 오늘따라 유난히 더 고불거렸다. 그래서 한층 더 귀여워 보인다는 걸 아는지 모르겠다.

"그리고 나, 시험 망친 거 맞거든? 알고 있던 문제도 긴장해서 두 개나 더 틀렸다고. 아무것도 모르면서."

"야, 난 기특하단 얘기였어. 수석 해서 장학금 탔으면 된 거지, 뭘 그렇게 예민하게 구냐?"

"…라이."

바율이 그러지 말라며 잡았지만 이미 일라이의 입에선 다음 말이 튀어 나갔다.

"혼자 일등 못해서 그래? 로건이랑 같은 수석이라서?"

무언은 긍정이라 했던가. 말없이 전방만 응시한 채 걸어가는 에이단의 뒷모습은 심통이 잔뜩 나 있었다. 로건을 꼭 이기고 싶었는데 그러질 못했으니 오죽할까. 짠하긴 했지만 그렇다고 로건을 탓할 수도 없는 일이었다.

"로건, 축하해."

에이단에겐 들리지 않을 작은 목소리로 바율이 마음을 전했다. 에이단도 에이단이지만, 이유도 모른 채 미움받는 로건 역시 안타까웠다.

"고마워, 바율."

자신은 신경 쓰지 말라는 듯 로건이 미소를 지으며 고개를 저었다.

"근데 이거 믿어도 되는 건가?"

"응? 무슨 얘기야, 퀸?"

갑작스러운 퀸의 의혹에 모두가 약속이라도 한 듯 걸음을 멈추었다.

"아직 성적 발표 전이잖아. 슈빅의 말만 듣고 단정하기는 이른 것 아닌가?"

"설마 퀸, 네가 수석이 아니라서 의심하는 거냐?"

"한심하기는. 난 그런 거에는 관심 없거든."

"슈빅이 촐랑대기는 해도, 한 번도 틀린 정보를 가져다

준 적은 없어. 거짓말은 아닐 거다."

"사실이든 아니든 나랑은 상관없는데, 몰래 들어가 공문서를 훔쳐보는 건 고약한 버릇이야. 그러다 언젠가 크게 혼이 날지도 모른다고."

"오, 퀸 너 지금 슈빅 걱정해 주는 거야?"

"그게 그렇게 들릴 수도 있나 보군."

퀸은 인어국의 왕자였다. 직접 왕실의 실무를 담당해 보았기에 협조 공문서와 같은 공식 서류를 일개 학생이 몰래 열람했다는 것에 어이없고 황당했을 뿐이다. 제대로 간수하지 못한 아카데미 측도 문제였고, 허락 없이 정보를 유출한 슈빅 역시 고지식한 퀸의 입장에선 그다지 좋아 보이지 않았다.

"근데 우리가 정말 베르가라에 가게 될까?"

"드디어 말문이 트였냐?"

식당 밖을 나와서는 짜증만 냈던 에이단이 마침내 대화에 합류했다.

"뭐 별수 있냐. 받아들여야지."

녀석이 로건을 힐긋거리며 다짐했다.

"다음 학기엔 기필코 나 혼자 일등 하고 말 거야."

"지금껏 침묵한 결과가 고작 그거냐?"

"홀로 수석을 차지한 이기적인 네가 뭘 알겠냐? 나는 장학금이 쪼개져서 나올까 걱정이구먼."

"그래서 축하한다는 말도 안 하는 건가 보네?"

"…내가 말 안 했나?"

"어."

일라이가 아예 팔짱을 끼고 기다렸다. 어서 말하라는 분위기를 온몸으로 풍기며.

에이단은 그제야 조금 머쓱했다. 학비 걱정하느라 정작 중요한 걸 잊고 있었다. 자금 사정이 좋지 않은 건 일라이도 마찬가지인데 말이다.

"이놈의 다혈질 성격이 늘 문제라니까. 축하한다, 라이. 완전 부럽다!"

"부러우면 지는 거라던데, 그럼 내가 이긴 거냐?"

엎드려 절 받기지만 에이단의 진심을 일라이가 모를 리 없다. 장난스러운 대꾸로 녀석을 위로하는 건 그 나름의 방법이었다.

"이겨서 좋겠다!"

"나쁠 건 없지. 이크!"

비가 내린 뒤라 땅이 많이 질척거렸다. 단단한 돌 위를 찾아 밟으며 일라이가 물었다.

"근데 너 황궁에는 별 관심 없는 거 아니었어? 그 얘기는 왜 꺼내?"

"아까 공문서에 우수 학생을 초청한다고 했잖아. 당연히 성적으로 뽑겠지."

"그러면 나도 갈 수 있는 건가? 로건도 갈 테고, 바율과 퀸만 남겠는데?"

"난 여기 남는 게 더 좋아."

"란데르트 공작 전하도 계실 텐데? 아버지 안 보고 싶어?"

친구들은 짐작도 못 할 것이다. 정작 그 아버지 때문에 갈 수가 없다는 걸. 바율은 아직 아버지를 만날 마음의 준비가 되지 않았다.

"가려면 다 같이 가야지, 왜 너희 둘만 빠지냐? 뭔 방법이 있을 거야."

"방법?"

"응, 지금은 생각이 안 나지만 연구해 봐야지. 다 같이 가는 게 아니라면 난 싫다."

"어째 라이 너 되게 가고 싶은 눈치다?"

"조금 궁금하긴 해. 혹시 아냐? 황태자랑 친구 먹을지?"

진짜로 그런 일이 벌어진다면 인생이 더 재밌어질 것 같기도 하다.

"설마 다른 조건이 붙지는 않겠지? 성적도 성적인데, 출신 가문이라든가 배경 같은 걸 따질 수도 있잖아."

"다 된 밥에 찬물 끼얹기냐? 그래, 너희는 배경이 좋다

이거지? 사실 내가 말을 안 해서 그렇지, 나도 나름 엄청나거든! 나중에 알면 깜짝 놀라 뒤로 나자빠질 거다!"

"나자빠질 테니까 지금 말해. 뭔데?"

"싫다, 지금은."

그게 어떤 비밀인데 아무렇게나 툭 털어놓냐?

턱을 치키며 콧방귀를 뀌는 일라이의 얼굴은 꼭 그렇게 말하는 것 같았다.

"바율."

걷다 보니 어느새 기숙사가 머지않았다. 헤어지기 전에 물어볼 것이라도 있는지 로건이 바율을 불러 세웠다.

"아까부터 좀 이상해서 말이야. 그 친화력 말인데, 그건 보통 신도들에게 생겨야 하는 것 아닌가? 신이 자신을 믿지도 않는 자를 선택한다는 건 말이 안 되잖아."

"나도 그게 이해가 안 가. 난 이전까지 절망의 신 이름조차 모르고 살았어. 그런 나한테 갑자기 친화력이라니…… 정령사라는 걸 알았을 때보다 더 황당할 정도야."

"너희 바보냐?"

뭘 그리 어렵게 생각하냐는 듯 에이단이 끼어들었다.

"단순하게 넘겨. 전에 기절하는 바람에 신전에서 치료받은 적 있잖아. 이후로 갑자기 친화력이 생겼고. 그럼 뭐겠냐?"

"뭔데?"

확신에 찬 에이단의 말투에 심드렁하니 따라오던 퀸까지 걸음을 멈추고 집중했다.

"간단해. 마음에 든 거야."

"…마음에 들었다?"

"어! 딱 한 번 봤는데 괜찮았던 거지. 그날 신전에서 정령들이 날뛰던 거 기억 안 나?"

당시의 소름 끼치던 악몽 같던 장면들이 모두의 머릿속에 떠올랐다.

"우리처럼 신도 이상했겠지. 신기했든가."

"그래서 점찍었다?"

"응, 말 되지 않냐?"

에이단을 제외한 친구들의 눈빛이 뒤엉켰다. 그들은 서로 묻고 있었다.

이게 정말 가능할까?

저 녀석 뇌가 있기는 한 건가?

저 머리로 수석을 한 게 놀랍군.

"뭐냐, 이 싸한 분위기는?"

"진심으로 한 번 생각해 봤다. 내가 너였다면 지금 이 상황에서 어떤 말을 할지!"

"아 씨, 내 짐작이 맞을 거라니까! 언젠가 인정하게 될 거다!"

"아 참, 얘들아. 나 할 말 있어."

친화력도 친화력이지만 중요한 용건이 바율에게 남아 있었다. 친구들의 도움 없이는 할 수 없는 일이기에 먼저 동의를 구해야 했다.

"나 다시 훈련을 해야 할 것 같아."

"훈련이라면…… 거길 다시 가겠다고?"

가축들의 똥 냄새로 악취가 진동하던 애증의 방목장. 일라이가 안 된다며 고개를 연신 저어 댔다.

"지리 수업 시간에 이런 이야기를 들었어."

바율은 친구들에게 자이아 탄광촌에서 살아가는 주민들의 실상을 털어놓았다. 역시나 모르고 있었는지 다들 꽤 충격받은 얼굴들이었다.

"염치없지만 부탁할게. 나 혼자서는 할 수가 없어."

"당연한 걸 뭘 묻고 그래? 나는 대찬성!"

"고마워, 에이단."

"그 불을 꺼뜨리려면 얼마나 연습을 해야 하지?"

협조하겠다는 퀸의 에두른 표현이었다.

"내가 도울 것도 있을까?"

"그럼, 로건. 아주 큰 힘이 될 거야."

"라이는?"

자연스레 모두의 시선이 라이에게로 쏠렸다. 그가 아는지 모르겠지만, 방목장을 처음 수련장으로 정하던 날과 거의 똑같은 표정을 짓고 있었다.

"라이, 정 싫으면……."

"나 없이는 아예 시작도 못 하는 거 알지?"

"너무 잘 알지."

평상시엔 다정하고 자상하며 어른스러운 일라이지만, 비위가 약하고 더러운 것을 잘 견디지 못하는 결벽증이 있었다.

사실 그래서 미안한 한편 더욱 고마웠다. 몸서리를 쳐 가면서도 함께해 주는 일라이의 마음 씀씀이에 바율은 늘 감동했다.

"나중에 백배로 갚아라. 꼭!"

"물론이지! 고마워, 라이. 내가 꼭 보답할게!"

바율이 기뻐하며 약속할 때였다. 조용하던 저녁 하늘에서 다시금 투두둑 비가 쏟아졌다.

"이크, 또 내린다."

"내일 야외 수업 있는데 비 와서 취소되는 거 아니야?"

"넌 지금 그게 걱정이냐? 얼른 뛰자고!"

옛날부터 비 맞는 건 딱 질색이었다. 일라이가 먼저 움직였고, 그 뒤를 에이단이, 이어서 로건과 퀸, 바율이 각자의 기숙사를 향해 달려갔다.

"신발이 지저분해졌군."

진흙 때문에 엉망이 된 신발을 막 벗던 퀸의 시선이 바율의 다리에 가 멎었다.

"…넌 왜 그렇게 깨끗하지?"

"응? 뭐가?"

"신발 말이야. 그새 이노센트라도 부른 건가?"

물기는커녕 흙먼지 하나 묻지 않은 바율의 신발은 퀸의 신발과 너무나 대조적이었다. 분명 같은 땅 위를 걷고 뛰었는데 이상한 일이었다.

"아니, 난……."

"나도 씻어야겠군."

바율이 이노센트를 부른 적 없다고 말하려는데 퀸의 움직임이 조금 더 빨랐다. 그가 욕실로 들어가고 얼마 되지 않아 물 흐르는 소리가 들렸다. 그때까지도 바율은 이상하다는 듯 자신의 신발만 내려다보고 있었다.

Chapter 8.
다시 시작된 훈련

1.

이튿날 이른 아침부터 성적이 공개되었다. 슈빅이 말했던 대로 에이단과 로건, 라나사가 나란히 기사학부 수석을 차지했고, 일라이가 마법학부 수석(놀랍게도 전공에서 만점을 기록했다), 바율과 퀸은 다행히 상위권에 안착했다.

"저거 정말 내 이름 맞지?"

중간만 되어도 좋겠다고 생각했는데 예상 밖의 결과였다. 바율이 믿을 수 없다는 듯 중얼거리며 묻자 일라이가 어깨를 감싸며 축하했다.

"아무리 눈 씻고 봐도 네 이름 맞으니까 그만 쳐다봐. 이게 다 네가 애쓴 결과라고. 수고했다, 바율."

"고마워, 라이. 전부 네 덕분이야."

형편없는 점수 때문에 또다시 사람들의 입에 오르내리며 아버지의 이름에 먹칠을 하는 건 아닐지 솔직히 두려웠다. 앞으로 더 잘해야겠지만 일단은 한시름 놓인다.

"음, 뭐 네가 열심히 노력한 거긴 하지만 내 마법의 노트가 크게 한몫하기는 했지?"

"그럼, 아주 큰 역할을 했지! 그래서 말인데, 주말에 내가 한턱 쏠게. 혹시 뭐 먹고 싶은 거라도 있어?"

"오, 진짜? 에이단, 들었냐? 바율이 쏜대! 너도 갈 거지?"

"아니, 난 좀 힘들 것 같은데."

도서관에 가는 길인지 에이단의 가슴팍에 책이 한 꾸러미였다. 힐긋 눈을 들어 등수를 확인하는 녀석의 얼굴에 별다른 변화는 없었다.

"모처럼 친구가 돈을 쓴다는데 시간 좀 내시지?"

에이단을 도와 바닥에 책을 내려놓으며 일라이가 다시 권했다.

"안 돼, 그날 바빠. 라라랑 놀아 주기로 했단 말이야."

"헐, 다섯 살 꼬맹이 때문에 친구를 버리냐? 여동생이랑은 일요일에 놀아 주면 되잖아. 우린 토요일에 놀면 되고."

"일요일에는 알바 하기로 했어."

"알바? 무슨 알바?"

"있다, 그런 게. 극한의 노동이랄까."

수거한 책 목록을 확인하던 에이단이 순간 인상을 팍 썼다. 생각만으로도 짜증이 치솟는다는 얼굴이었다.

"여기, 반납."

그때 퀸이 책 한 권을 내밀었다. 그러자 안 그래도 구겨진 에이단의 이마가 더욱 선명하게 일그러졌다.

"반납은 도서관에 가서 직접 해라! 내가 네 심부름꾼인 줄 알아?"

"거기 그 책들은 뭔데?"

"이건 교수님들이 보신 거야."

"교수는 되는데 학생은 안 된다?"

"꼬우면 너도 교수 하든가."

에이단의 삐딱한 대꾸에 기분이 나쁠 법도 하건만 퀸은 여러 면에서 원칙주의자였다. 그가 '그렇군' 한 마디를 중얼거리더니 바로 책을 가져갔다.

"후후, 난 미래의 교수님이니까 가능하겠지?"

퀸과 달리 일라이에겐 에이단의 경고가 전혀 먹히지 않았다. 그가 자신 있게 걸어가 사물함을 열었다.

"가만있자, 내가 반납할 책이 어디……!"

하지만 사물함의 문이 열리자 책은 고사하고 우르르 뭔가가 밑으로 쏟아졌다.

"라, 라이!"

놀란 친구들이 일제히 사물함으로 달려왔다.

"괜찮아? 안 다쳤어?"

"어, 보다시피."

"근데 이게 다 뭐지?"

"종이 같은데?"

"…편지인가?"

"요즘 잠잠하다 했더니 또 시작이군."

고개를 설레설레 내젓는 일라이의 표정이 묘했다. 딱히 싫지는 않은데 조금은 귀찮은 기색이랄까.

"누구 남는 가방 같은 거 있어?"

"갑자기 가방은 뭐 하려고?"

"뭐 하긴 뭐 해, 이거 담아야지."

"그러니까 이게 뭔데?"

"팬레터."

짧고 간결한 일라이의 설명에 잠시 눈을 끔벅이던 에이단이 깜짝 놀라 소리쳤다.

"헐! 이게 다 연애편지라고?"

"연애편지는 연인 사이에 주고받는 거고. 이건 날 흠모하는 애들이 보낸 팬레터라고."

"그거나, 그거나."

마치 태어나 연애편지는 처음 본다는 듯 에이단이 연신 '우와, 우와!' 거리며 편지 더미를 들췄다.

"어라? 이건 남자 이름 같은데?"

그러다 겉봉에 쓰인 이름 하나가 눈에 띄었다. 특이하게 제국 공통어가 아닌 가국어로 쓰여 있었다.

"록…… 하! 바율, 이렇게 읽는 거 맞지?"

"응, 맞아. 진짜 남자 이름이네."

"그렇다면…… 남자가 남자한테 편지를……?"

일순간 다들 약속이라도 한 듯 뒤로 물러나며 일라이를 쳐다봤다.

"왜들 그렇게 보지?"

"너 설마……?"

"넘겨짚지 마라. 록하라는 이름이 꼭 남자란 법은 없으니까. 그리고!"

"……?"

"이 미모가 남자에게는 안 통할 것 같냐?"

"아!"

다른 사람도 아니고 일라이였다. 식당에서 그를 처음 만난 순간 바율 역시 한동안 넋을 잃고 바라보기만 하지 않았던가. 충분히 그럴 수 있었다.

"반박을 못 하겠군."

"그러니까."

끄덕.

이제껏 아무 말 없이 조용하던 로건도 고개를 끄덕이며 동조했다.

"퀸, 너는 없냐? 내가 이 정도면 너도 좀 받았을 것 같은데?"

일라이의 짐작대로였다. 그만큼은 아니지만, 다량의 팬레터가 사물함에 쌓여 있었다. 일라이와 다른 점이라면 편지가 빈 가방이 아니라 곧바로 휴지통으로 직행했다는 것이었다.

"냉정하다, 냉정해!"

"역시 피도 눈물도 없는 녀석이었어!"

친구들이 그러거나 말거나 퀸에게선 그 어떤 표정의 변화도 볼 수 없었다.

"에이단, 네 사물함도 열어 보자."

"나?"

일라이의 요청에 에이단의 눈빛이 흔들렸다. 그리고 그런 녀석의 시야에 무뚝뚝하니 서 있는 로건이 들어왔다.

'그래, 내가 저 자식보다는 많이 받았겠지.'

어디서 그런 자신감이 나오는지 모르겠지만 에이단은 확신했다. 녀석이 당당히 사물함으로 다가갔다.

찰칵.

그러나 기대와 달리 에이단의 사물함엔 그 흔한 메모 한 장도 들어 있지 않았다.

"뭐야, 나는 왜 없어?"

깔끔해도 너무 깔끔한 사물함을 보고 에이단은 그야말로 어이를 상실했다.

"이게 말이 돼?"

녀석에게 위로가 될지 어떨지 모르겠지만 바율은 서둘러 말했다.

"에이단, 아마 나도 없을 거야."

"보지도 않고 그걸 어떻게 알아?"

"보나 마나 빤하잖아. 누가 나한테 그런 걸 보내겠어."

"…보냈을 것 같은데."

에이단의 의혹을 풀어 주고자 바율은 친히 사물함을 열어 보았다. 추측대로 역시나 팬레터 같은 것은 없었다. 에이단과 달리 아쉬움은 전혀 들지 않았다.

"봐, 없지?"

이제 남은 건 로건뿐이었다. 에이단이 눈꼬리를 올리며 로건을 향해 돌아섰다.

"너도 열어 보지?"

만약 로건의 사물함에서 편지가 하나라도 나온다면?

'안 돼!'

'절대 막아야 해!'

'또 시끄럽겠군.'

상상만으로도 아득한 상황이었다.

"열어 보라니까?"

친구들의 걱정을 아는지 모르는지 에이단이 다시금 요구했다.

'어쩌지?'

바율이 걱정하며 일라이를 바라보는 그때였다.

"내가 왜 그래야 하지?"

로건이 시큰둥하게 대답하더니 그냥 돌아서 가는 것이 아닌가. 마치 팬레터 따위에는 조금도 관심 없다는 듯이 말이다.

"뭐야, 왜 가? 야! 열어 보라고!"

잠시 기가 막혀 멍하게 서 있던 에이단이 그의 등에 대고 외쳤지만, 돌아오는 건 공허한 메아리뿐이었다.

2.

그날 밤, 오전의 연애편지 사건을 뒤로하고 친구들이 다시 모였다. 끝끝내 사물함을 보여 주지 않은 로건에게 앙금이 남은 듯 에이단의 눈길이 곱진 않았지만, 장소가 장소인 만큼 우려할 만한 상황은 벌어지지 않았다. 오히려 동물 친구들에게 지시를 내리는 모습은 믿음직스럽기까지 했다.

"아리안느, 아무도 얼씬 못하게 감시 잘해야 해!"

"구우우우—!"

에이단의 부탁에 긴 울음소리를 토해 내며 아리안느가 날아올랐다.

"야아옹!"

"그래, 오스먼드도 잘 부탁할게!"

에이단의 다리에 머리를 비비며 애교를 부리던 오스먼드가 꼬리를 바짝 세우더니 훌쩍 풀숲 너머로 사라졌다.

"좋아, 이제 완벽해! 최고의 감시자들을 풀어놨으니 마음 푹 놓고 수련하도록!"

"고마워, 에이단. 덕분에 안심이야."

"헤에, 이 정도 가지고 뭘. 불청객이 하나 늘어서 성가시긴 하지만, 도울 일은 도와야지."

불청객이 누구인지는 굳이 물을 필요도 없었다. 동물들과 소통하는 자신의 모습을 로건이 어떤 눈으로 바라보고 있는지 전혀 알지 못한 채 에이단이 툴툴거렸다.

"그럼 이제 내 차례인가?"

바닥의 오물을 피해 바위 위에 올라가 있던 일라이가 기다렸다는 듯 라이트 마법을 시전했다.

팟— 팟—

하얀빛의 구체가 금세 하나에서 둘, 셋, 넷으로 늘어 갔다.

"우와! 완전 대낮 같은데!"

"전처럼 이노센트가 사고 칠까 봐서 미리 밝혀 놓는 거야. 이 몸이 두 눈 크게 뜨고 똑바로 지켜볼 테니까, 이노센트! 오늘은 조심해라!"

난데없이 물 폭탄을 터뜨려서 모두를 기함하게 만들었던 전적이 있는 이노센트였다. 바율이 다시는 그러지 말라고 하긴 했지만, 방심은 금물이었다.

"어이! 사람 말이 안 들리냐? 저게 대꾸도 없네!"

일라이의 외침을 들었는지 어쨌는지 이노센트가 대답은 커녕 거들떠보지도 않았다. 그저 오랜만에 만난 잉그리드와 회포를 푸느라 정신이 없는 듯 까르르 웃어 가며 잉그리드의 꽁무니를 쫓기 바빴다.

"그만 오라고 부를까?"

"아니, 그냥 둬."

준비도 끝났으니 이제야말로 수련을 시작할 타이밍이었다. 바율이 이노센트를 불러들이려는데 어째선지 퀸이 막아섰다.

"언제 어느 때 저 녀석이 필요한 상황이 닥칠지 모르잖아. 그때마다 항상 네 옆에 이노센트가 있는 것도 아니고."

"그건 그렇지만, 아직은 나나 이노센트나 서툴 텐데……."

"당연히 서툴겠지. 근데 어차피 너와 이노센트는 연결되어 있는 거 아니었나? 수련이라는 건 스스로의 몸을 좀 더 익숙하게 단련시키는 거야. 연습도 실전처럼 하면 효과가 더 좋을 거라고."

"그건 나도 동감이야."

이제껏 조용하던 로건이 불쑥 끼어들자 지켜보던 에이단의 이마에 가는 심줄이 돋았다. 그러거나 말거나 로건이 얘기했다.

"사실 아직 난 네가 어떤 수련을 하겠다는 건지 잘 모르겠어. 여전히 내게 정령이라는 존재는 생소하거든. 그렇지만 연습을 실전처럼 해야 한다는 퀸의 말에는 전적으로 동의해. 바율, 그건 아주 중요한 거야."

로건의 검술 실력은 그냥 얻어진 것이 아니었다. 가진 바 재능도 특출하지만, 늘 연습을 게을리하지 않았다. 연습을 할 때는 앞서 말했듯 언제나 실전에 임하는 것처럼 해 왔다. 그런 과정이 있었기에 지금의 그가 있을 수 있었다.

"그래, 행여나 뭔 일 터지면 우리가 다 막아 줄 테니까 뭐든 막 해 봐! 든든한 파수꾼이 있는데 뭐가 걱정이냐?"

에이단의 능력을 알게 된 이상 야밤의 회동이 발각될 염려는 없었다. 최소한 이 방목장에서 아리안느의 눈과 오스먼드의 귀는 무적이었다.

거기에 일라이의 라이트 마법과 퀸의 물을 다루는 능력, 로건의 뛰어난 검술 실력까지. 새삼 생각해 보니 대단한 능력자들을 친구로 두었다.

그래, 할 수 있어.

이런 친구들과 함께인데 무서울 게 뭐가 있어?

해 보는 거야.

"고마워, 다들."

"뜬금없이 무슨 인사냐? 고맙다니?"

"나도 열심히 해 볼게. 너희들에게 뒤처지지 않도록 최선을 다할 거야."

"열심히 하는 건 당연히 환영인데, 뒤처지지 않겠다는 건 무슨 뜻이야?"

"너희들을 봐. 하나같이 전부 대단한 능력들을 가졌잖아. 그에 반해 난 할 줄 아는 게 하나도 없어. 모르는 것투성이기도 하고. 그러니 노력하겠다는 거야. 나도 너희처럼……."

"맙소사! 바울 너 자각이 없어도 너무 없는 거 아니냐?"

"현실감 진짜 심하게 떨어진다!"

바율의 망언에 일라이와 에이단이 동시에 실소했다. 퀸과 로건의 얼굴을 보니 어이없어 보이기는 매한가지였다.

"바율, 넌 정령사잖아. 설마 정령사가 뭔지 그새 잊었어?"

"자이아의 불꽃인지 뭔지를 해결하고 싶다며. 그건 우리가 아니라 너만이 할 수 있는 일이야!"

"맞아, 자연계의 조율자! 그런 엄청난 존재가 바로 너라고!"

"…내, 내가?"

"가만 보면 넌 너 자신을 너무 모르는 것 같아. 정령과 교감하고 소통하는 네가, 내 눈엔 얼마나 신기하고 굉장해 보이는지 알아? 난 여태 살면서 그런 건 본 적이 없어."

바율은 그저 느낀 그대로를 말했을 뿐인데 친구들이 과하게 흥분하자 오히려 당황했다. 단 한 번도 스스로를 대단하다 여겨 본 적이 없기에 더 그랬다.

"바율, 우리 제발 자각 좀 하고 살자. 응?"

"…아, 알겠어. 노력할게."

친구들의 호통에 바율은 얼결에 고개를 끄덕이며 대답했다. 녀석들의 눈빛이 어찌나 엄한지 안 그랬다간 다시 한소리 들을 것 같았다.

"잡담이 길군. 오늘 여기서 밤샐 건가?"

"미쳤냐? 이런 오물통에서 밤을 새게?"

"그럼 쓸데없는 얘기는 이쯤하고 그만 시작하지?"

잠잘 시간을 쪼개 가며 마련한 시간이었다. 정신을 깨우는 퀸의 냉철한 음색에 바율은 바짝 목을 세우고 마음을 다잡았다.

"잘될지 모르겠지만, 일단 해 볼게."

바율은 지나온 수련 시간을 떠올렸다. 오랜만의 연습이니 복습부터 천천히 해 보는 것이 좋으리라.

'이노센트, 물 좀 줄래?'

기초 중의 기초지만 바율은 집중하며 이노센트에게 의사를 전했다.

좌아악!

순식간에 발밑으로 물이 차올랐다. 예전처럼 투명한 욕조 속에 들어가 있기라도 한 듯 일행 전부가 허리까지 잠겼다. 전과 다른 점이라면 물에 잠겨 있음에도 아무도 젖지는 않았다는 것이다.

"오, 깔끔한데?"

이제 이 정도로는 놀라지도 않는다. 갑자기 물이 허리까지 차올랐지만 아무도 당황하지 않았다. 물론 로건을 제외하고 말이다.

"헉!"

로건에게서 쉬이 들을 수 없는 소리가 흘러나왔다. 진심으로 깜짝 놀란 듯, 허리 아래를 바라보는 그의 표정이 얼음처럼 굳었다. 순식간에 생겨난 물도 물이지만, 그 물에 잠긴 몸이 축축하지 않다는 사실에 더 경악했다.

그런 로건의 속도 모르고 바율은 다음 진도를 나갔다.

'아고스의 창!'

머릿속으로 이미지를 떠올리자 곧바로 허공에 거대한 물의 창의 생겨났다. 잉그리드와 노는 것에 온정신이 팔려 있던 이노센트지만, 어느새 바율 곁에 다가와 열심히 명령을 이행하고 있었다.

이후로도 그간 수련해 왔던 것들이 막힘없이 자연스럽게 이루어졌다.

"바율, 네가 물이라고 생각해 봐."

"너 자신이 물이 된다고 여겨야 해."

"너는 이노센트와 한 몸이나 마찬가지야."

수없이 들었던 퀸의 조언이 귓가에서 메아리쳤다. 스스로가 물이 된다는 것. 이전이나 지금이나 여전히 어렵고 막연하다. 바율이 할 수 있는 거라고는 그저 최대한 그 생각을 잊지 않으려 애쓰는 것뿐이었다.

물의 흐름, 물의 감촉, 물의 냄새, 물의 맛 등을 기억하며 모든 신경을 이노센트에게 집중했다.

그렇게 얼마나 지났을까. 닭장 앞 공터에 생겨났던 작은 물웅덩이가 사라지더니 별안간 하늘에서 비가 내렸다.

툭, 투두두둑!

한두 방울로 시작한 빗물은 곧 쏴아아 소리를 내며 일행 위로 쏟아졌다. 반경 십여 미터 정도를 적시는 작은 규모의 빗줄기였지만 세기는 상당했다. 바율은 물론 다들 순식간에 물에 빠진 생쥐 꼴이 되었다.

"와, 이제 비까지 내리는 거야? 대박!"

이제껏 펼쳤던 정령술과는 차원이 달랐다. 물을 생성하고 그 물로 창과 방패 등을 만들던 이전과는 비교 자체가 불가능했다. 비를 뿌리는 것은 신만의 영역이라 여기며 살아온 그들에게는 가히 엄청난 충격이라 할 수 있었다.

"바율, 굉장하다! 진짜 비를 내렸어!"

"이렇게 만지고 있는데도 믿기지가 않아. 대체 어떻게 한 거야?"

온몸이 홀딱 젖었지만, 누구도 화내지 않았다. 심지어 일라이도. 다들 그저 기쁘고 놀랍기만 했다.

"…나, 나도 모르겠어. 그냥 비가 왔으면 좋겠다고 생각했을 뿐인데……."

모순적이게도 그들 중 가장 놀란 사람은 당사자인 바율이었다. 바율이 더듬거리며 하늘을 향해 손을 뻗었다.

'차가워.'

세찬 빗줄기가 타다닥 손바닥을 때렸다. 이미 전신이 빗물로 흠뻑 젖은 상태였지만 바율은 그제야 비로소 실감했다.

'내가 진짜 비를 내렸어!'

낮의 지리학 수업 이후로 바율의 머릿속은 온통 자이아의 불꽃으로 가득했다. 그 불꽃을 꺼뜨릴 수 있는 존재. 그것이 자신뿐이라는 사실에 마음이 무거웠다.

'다행이야.'

하지만 이제는 조금 안심이 된다. 이런 비로는 어림도 없겠지만, 시작이 반이라고 하지 않았던가. 일단은 뭐라도 할 수 있게 되어서 정말 다행이었다.

"바율, 어째 네가 더 놀란 것 같다?"

"그러게. 얼굴이 완전 빨개졌네."

붉게 상기된 바율의 뺨을 일라이와 에이단이 귀엽다는 듯 바라보며 웃었다. 얼마 전까지만 해도 정령이 뭔지도 몰랐던 녀석이 이런 비를 만들어 냈다. 그것이 둘은 진심으로 대견하고 자랑스러웠다.

"그게, 내가 해 놓고도 믿기지가 않아서……."

"거봐, 네가 이렇게 어마어마한 녀석이라니까! 이제 좀 자각이 들어?"

"아직은 많이 부족해. 자이아의 불꽃을 끄려면 지금보다 백배, 아니 수백 배는 더 많은 양의 비를 내려야 할 거야."

"벌써 거기까지 생각하는 거냐? 넌 이제 시작했잖아. 연습하면 되겠지. 걱정은 나중에 해도 충분해."

"그래, 지금 중요한 건 네가 이 비를 내렸다는 거야. 안 그러냐, 퀸?"

볕 좋은 날 일광욕이라도 하듯, 퀸은 쏟아지는 빗속에서 고개를 든 채 미소 짓고 있었다. 그는 비를 보고 신기해하는 친구들과 달리 그저 어린아이처럼 순수하게 기뻐했다.

"잘했어, 바율."

이전에는 결코 들어 보지 못한 부드러운 음색이었다. 잘했다는 칭찬 역시 처음이었다.

"…너 미쳤냐?"

"갑자기 돌았어?"

입가에 담고 있는 미소도 적응 안 되는 마당에 고운 말씨라니. 낯설다 못해 괴기스럽기까지 하다.

"그래, 이거지. 이게 정령이지!"

그러나 지금의 퀸에겐 아무 소리도 들리지 않았다. 가슴에 여러 감정들이 휘몰아쳤다. 그에게 이건 단순한 비가 아니었다. 찬란했던 과거의 영광을 되찾을 수 있는 희망적인 앞날의 신호이자 인어국의 미래였다.

'전설이 사실일 수도 있겠어!'

퀸의 푸른 눈에 열망이 어렸다. 이 녀석을 믿어도 될까. 기대를 해도 되는 걸까. 정령을 제대로 다룰 수나 있을까. 바율을 볼 때마다 의심하고 또 의심했다.

하나 이제는 믿을 수 있을 것 같다. 아니, 믿고 싶다. 바율이라면 망해 가는 조국을 재건하는 데 큰 도움이 될 것이다. 녀석이라면 가능했다.

퀸은 진지하게 바율을 향해 돌아서며 말했다.

"바율, 너에게 부탁……."

그때였다. 갑자기 내리던 비가 예고도 없이 뚝 멈췄다.

"이노센트!"

그리고 공중을 날고 있던 이노센트가 균형을 잃고 바닥으로 툭 떨어졌다.

"왜 이러지?"

"기절이라도 한 건가?"

다행히 눈에 띄는 상처 같은 것은 없었다. 단지 힘없이 축 늘어져 있을 뿐.

바율과 친구들에게는 그런 이노센트의 모습이 생경하고 낯설었다. 항상 귀가 따가울 정도로 까르르 웃어 대던 녀석이지 않은가.

"이노센트……."

바율은 안쓰러움에 이노센트의 뺨을 어루만졌다. 녀석에게는 아무 문제가 없었다. 바율은 알 수 있다. 이노센트는 그저 탈진한 것이다. 비를 내린다는 건 역시나 많은 힘이 필요했다.

"이노센트, 가서 편히 쉬어."

바율의 다정한 음성에 이노센트가 답을 하듯 힘겹게 눈꺼풀을 들어 올리고는 스르르 사라졌다.

"어디로 간 거야?"

"물의 정원."

"아."

물의 정원은 이노센트가 가장 좋아하는 장소였다. 바율과 함께 보내는 시간을 제외하고는 대부분을 그곳에서 지낸다고 해도 과언이 아니었다.

"기운을 다 써서 그래. 조금만 쉬면 괜찮다고 하니까 너무 염려하지 마."

"그렇게 말하는 네가 더 걱정하는 것 같다."

"아무래도 좀 미안한 마음이 들어서……."

이노센트가 어디 아프다거나 다친 것은 아니지만, 기운 없는 모습을 보니 속이 편치 않은 것은 사실이었다. 녀석이 어린아이의 외모를 하고 있기에 더 그럴지도 모른다.

"바율, 넌 괜찮은 거야?"

눈앞에서 정령이 쓰러지는 것을 봤기 때문일까. 로건이 불안한 눈빛으로 바율을 위아래로 살폈다.

"응, 로건. 난 괜찮아. 그보다 많이 놀랐지?"

막연히 정령을 기드온과 비슷한 존재라고 여겼던 로건이었다. 하지만 막상 실체를 보니 전혀 다를 뿐만 아니라 능력 역시 상상 이상이었다.

"정령은 자연계의 조율자라던 내 말 기억해? 이 땅에 자연재해가 늘어난 건 오래전 정령들이 사라졌기 때문이래. 한데 무슨 이유에선지 이제 다시 생겨난 거 같고, 난 지금 개중 하나인 이노센트와 소통할 수 있는 정령사가 되었어."

"바율, 그래서……."

"거창하게 들릴지도 모르겠는데 도와주고 싶어. 너무 많은 사람들이 재해로 고통받고 있잖아. 내 고향인 해밀턴만 하더라도 가뭄과 홍수가 끊이질 않고 일어나고 있어. 솔직히 자신은 없는데, 해 보는 데까지는 해 보려고."

"자이아의 불꽃을 끄려는 것도……."

"응, 그건 진짜 자신 없는데…… 몰랐으면 모를까, 그냥 있을 순 없을 것 같아."

"…대단하다, 바율."

어리다고만 생각했다. 많이 아팠던 녀석이기에 더 애지중지한 것도 있었다.

한데 못 본 사이에 훌쩍 어른이 되어 버렸다. 누구는 저 자신이 저지른 거짓말에 허덕여 변변찮게 사는 동안, 녀석은 자신보다 남을 위할 줄 아는 성숙한 인간으로 성장했다. 갑자기 스스로가 한없이 작고 초라하게 느껴진다.

"이제 시작인 걸 뭐. 그리고 나 혼자였다면 절대 못 했을 거야. 다들 자기 일처럼 도와줘서 오늘 같은 날이 온 거라고 생각해."

"암, 내 공이 크지! 나의 마법 실력이 아니었더라면 이게 어디 가당키나 했겠어?"

일라이가 자신의 라이트 마법을 올려다보며 고개를 과장되게 끄덕끄덕했다. 질세라 에이단도 목청을 높였다.

"제일 큰 역할은 네가 아니라 내가 했지! 누가 몰래 나타나기라도 해 봐라. 그럼 큰 문제 아니겠냐?"

"벌써 나타난 것 같은데?"

"…뭐?"

"조기."

일라이가 턱짓하는 곳으로 모두의 시선이 돌아갔다.

"블랙!"

그곳엔 이름의 뜻과는 정반대인 새하얀 개 한 마리가 익숙한 듯 일행을 향해 걸어오고 있었다.

"바울, 블랙이라니?"

"말해 준다는 게 깜박했네. 그게 있잖아."

바율은 지난 주말 야시장에 가기 전 있었던 목욕 사건에 대해 서둘러 털어놓았다.

"헐! 원래는 하얀 놈이었단 말이야?"

"그게 다 때였다고?"

블랙을 처음 보는 로건을 제외하고 다들 어이없다는 듯 녀석을 내려다봤다. 그러거나 말거나 며칠 만에 만난 바율이 반가운지 녀석은 바율에게 몸을 비벼 대기 바빴다.

"대체 그럼 얼마나 더러웠다는 거지?"

"이 녀석 완전 까맸었잖아. 염색한 거였다고 해도 믿겠다!"

하는 짓을 보니 블랙이 맞긴 한데, 하얀 털 때문인지 영 어색하다. 달빛 때문인지 녀석의 몸이 마치 은빛처럼 빛났다.

"역시 수상한 놈이야."

"에이단, 그렇다고 수상할 것까지는……."

"이 녀석은 안 읽혀. 무슨 생각을 하고 있는지, 무슨 말을 하고 싶은지 전혀 모르겠어. 아무것도 보이지가 않아."

블랙을 향한 에이단의 눈빛이 자못 심각했다.

"이런 적은 처음이야."

에이단의 고백에 모두가 멈칫했다. 동물과 교감하는 녀석의 능력을 누구보다 잘 아는 그들이 아닌가. 이상해도 너무 이상한 일이었다.

"들려?"

"…응?"

"다들 불안해하잖아. 이 녀석이 나타나고 난 후부터야. 늘 그랬어."

그러고 보니 조용하던 방목장이 가축들의 울음소리로 시끌시끌했다. 이노센트가 이리저리 휘젓고 다닐 때도 평온하던 녀석들이 갑자기 목 놓아 울기 시작했다.

"뭐가 무서워서 그렇지?"

"우리 없을 때 혹시 사냥이라도 한 거 아니야?"

"사냥?"

"이 녀석 덩치를 봐. 멧돼지도 잡아먹게 생겼잖아."

일라이의 추측에 에이단이 고개를 저었다.

"아니, 그런 느낌이 아니야. 포식자를 향한 두려움이라기보다는 뭔가 훨씬 깊숙한 근원적인 공포라고 할까. 암튼 엄청 찝찝해."

"근원적인 공포……?"

"컹! 컹!"

블랙이 에이단의 말을 곱씹는 바율의 소맷자락을 입으로 물어 당기며 짖어 댔다. 그것이 꼭 지금은 자신에게만 신경 쓰라는 뜻 같아 바율은 일단 녀석을 열심히 쓰다듬었다.

"내가 보기엔 그냥 몸집만 큰 평범한 개 같구먼. 좋다고 저렇게 배 뒤집는 거 봐라. 네가 착각한 거 아니냐?"

"그래, 에이단. 블랙과 다시 한번 눈을 맞춰 보는 게 어때? 오늘은 다를 수도 있잖아."

바율의 관심에 신이 난 듯 블랙이 부산하게 움직였다. 체격 때문에 가끔 위압감이 들긴 하지만, 다른 친구들의 눈에도 별다를 것 없는 개로만 비쳤다.

"소용없어. 이미 여러 번 시도해 봤거든."

나중에는 오기로라도 녀석과 교감하기 위해 애를 써 봤다. 하지만 그때마다 보이지 않는 장막에 가로막힌 것처럼 녀석의 속을 볼 수가 없었다.

"지금 막 든 생각인데, 혹시 블랙이 날 거부하는 걸까?"

"거부를?"

"응, 이 녀석 봐. 유독 바율만 좋아하잖아. 우리에게는 아예 관심조차 없다고."

"이 자식은 처음부터 그랬어."

"보통 동물들은 날 좋아한단 말이야. 근데 무슨 이유에선지 이 녀석은 바율에게 꽂혔어. 그러니 난 안중에도 없는 거지."

"네 말은, 네게 흥미가 없으니 교감도 통하지 않는다?"

"어쩌면……?"

이런 상황이 처음이니 에이단도 확실한 것은 아니었다.

단지 추론에 추론을 거듭한 결과 이런 것이 아닐까 짐작을 해 볼 따름이다.

"그럴 수도 있겠군."

제법 설득력이 있다고 여겼는지 조용하던 퀸이 고개를 끄덕이며 동조했다.

"에이단, 너 기분 엄청 별로겠다?"

"어, 그치만 하나 배웠어. 모든 동물이 날 좋아하지는 않을 수도 있다는 것. 자존심이 좀 상하지만 인정할 건 인정해야지."

"오, 제법인데?"

"근데 마음먹은 대로 잘 안 되네. 눈앞에 있으니까 상당히 기분 나빠!"

가장 자신만만하던 일에서 실패를 한 거나 마찬가지니 그 심정 알 만하다. 평소 녀석의 성격대로라면 벌써 날뛰고도 남았을 텐데, 이 정도에서 끝나는 게 그나마 다행이라면 다행이었다.

"그나저나, 그러면 이놈 이름 바꿔야 하는 거 아니야? 하얀 녀석에게 블랙이라니 뭔가 이상하잖아."

"나도 그 생각을 안 한 건 아닌데, 이제 와 바꾸려니 그것도 좀 애매해서 말이야."

아주 긴 시간은 아니지만 이미 블랙이란 이름에 익숙해

졌다. 모습까지 변한 마당에 이름마저 바꾼다면 녀석이 더 낯설게 느껴질 것 같다.

“흐음, 그런가?”

“그건 뭐, 네가 알아서 해라. 어차피 우리한테는 관심도 없는 놈인데.”

“그럼 오늘 수련은 이것으로 끝?”

이노센트가 쉬러 갔으니 더 이상의 수련은 불가능했다. 비를 내린 것에 대한 자축도 이만하면 되었으니, 더 늦기 전에 기숙사로 돌아가 조금이라도 잠을 청하는 편이 좋을 듯했다.

“이노센트도 없는데 더 할 거 없잖아? 블랙 저 녀석 때문에 나도 확 피곤해졌다. 그만 가서 자야겠어.”

“드디어 이 똥통에서 벗어날 때가 온 것인가! 으, 너무 오래 참았다!”

“라이, 넌 그 바위 위에서 꼼짝도 안 했으면서 무슨 똥 타령이냐? 신발도 비에 젖기만 했지, 완전 깨끗하구먼!”

“보이는 게 다가 아니거든? 이 숨 막히는 냄새는 어쩔 건데?”

이놈의 냄새는 아무리 시간이 지나도 익숙해지지가 않는다. 애초에 이런 불결한 곳에 자신이 있다는 것 자체가 말이 안 됐다. 잠시 후 바위를 벗어나 오물 바닥을 헤치고 걸어

나갈 것을 생각하자 일라이는 벌써부터 등골이 오싹했다.

"이 정도면 구수한 거지! 사람이 너무 예민해도 못 쓴다, 너."

"난 괜찮으니까 넌 네 신발이나 걱정하는 게 어떠냐? 너무 더러워서 차마 눈 뜨고 못 보겠거든?"

"우 씨, 나만 더러워? 너 빼고 다 똑같아!"

에이단이 울컥하며 친구들의 신발을 겨누었다.

"봐라. 퀸도, 바율도, 저 자식도 전부…… 으잉?"

퀸과 바율을 지나 로건에게 향하던 에이단의 시선이 바율에게로 다시 돌아왔다.

"…넌 깨끗하네?"

"응?"

에이단의 지적에 바율은 그제야 자신의 신발을 내려다보았다.

"너만 전혀 뭐가 안 묻었잖아. 라이보다도 깨끗한데?"

"어? 정말이네."

아무리 오물을 피해 걸었어도 흙먼지 정도는 묻는 게 정상이었다. 더욱이 지금은 이노센트가 내린 비로 인해 바닥이 진창이었다. 그런데 바율의 신발에는 진흙은커녕 모래 한 톨 묻어 있지 않았다.

"설마 이노센트가 너만 닦아 주고 간 거냐?"

"헐, 탈진해서 쓰러진 그사이에?"

"그럴 시간이 없었을 텐데……."

바율은 이상함에 허리를 굽혀 손으로 신발을 만져 보았다. 정말로 아무것도 묻어나는 것이 없었다. 밑창은 아니겠지? 확인을 위해 다리 한쪽을 닭싸움하듯 들어 올렸다.

"컹컹!"

바율의 그 행동이 자신을 두고 가는 거라고 여겼는지 갑자기 블랙이 방방 뛰며 크게 짖었다. 그러다 작은 충돌이 생겼고 바율은 그만 한쪽 다리가 들린 채로 균형을 잃었다.

휘이익—!

무언가 날아온 것은 그때였다. 끈처럼 길쭉한 물체가 어디선가 날아와 바율의 허리를 휘감았다. 그러곤 마치 부축이라도 하듯 끈을 당겨 바율을 안전하게 지면에 착지시켰다.

설명은 길지만, 이 모든 건 순식간에 벌어진 일이었다.

휘리릭—!

바율의 두 다리가 땅에 닿음과 동시에 물체는 바로 왔던 곳으로 사라졌다. 그리고 바율과 친구들은 분명하게 보았다.

"나, 나뭇가지?"

"…지금 나무가 멋대로 움직인 거야?"

그랬다. 바율이 넘어지지 않도록 도와준 것은 나뭇가지였다. 언제 그랬냐는 듯 지금은 뻔뻔하게 평범한 나뭇가지의 모습을 하고 있지만, 방금 전에는 마치 살아 있는 뱀처럼 길게 뻗어 나와 바율의 허리를 휘감았었다.

"이게 대체 무슨……?"

다들 어안이 벙벙해서 말을 잇지 못할 때 퀸이 낮은 목소리로 중얼거렸다.

"…령이야."

"뭐라고, 퀸? 안 들려."

"어떻게 이런 말도 안 되는 일이……."

"뭔데, 지금 우리가 본 게 뭔데 그래?"

"…정령."

퀸을 대신해서 답한 건 일라이였다. 그의 붉은색 눈동자가 믿을 수 없다는 듯 흔들렸다.

"정령이라니? 무슨 정령?"

"흙과 나무와 바위, 초원과 녹음의 지배자."

"땅의 정령이야."

바율의 두 번째 계약 정령이자, 훗날 땅의 정령왕이 될 세임의 첫 등장이었다.

Chapter 9.

땅의 정령, 셰임

1.

땅의 정령이라고?

이노센트를 만난 이후로 바율은 늘 다른 정령이 궁금했었다. 자신은 보지 못했지만, 이노센트를 보고 놀라 기절했을 때 사대 원소의 징후가 모두 나타났다고 했다. 한 정령사가 네 가지 속성을 모두 갖춘다는 건 절대 불가능한 일이라고 퀸이 일축했지만, 바율은 이상하게 기대감을 놓을 수 없었다.

하지만 너무 갑작스러워서일까. 막상 그 상황이 닥치자 머리가 멍했다. 땅의 정령이라고는 하는데 이노센트 때처럼 눈앞에 보이지가 않아서인지 실감이 잘 안 갔다.

"바율, 뭐라고 말 좀 해 봐."

"…어?"

"다시 불러내든가 해야 할 거 아니야. 계약 맺어야지."

예상치 못한 순간 새로운 정령의 출현에 놀라긴 했지만, 이제 나름 이노센트에게 익숙해진 에이단이었다. 녀석이 호기심 가득한 눈을 들어 바율을 바라봤다.

"그래, 바율! 얼른 다시 불러 봐!"

어느덧 일라이와 퀸도 정신을 차리며 채근했다. 정령에 대해 잘 아는 둘이기에 상대적으로 놀라움이 컸던 것도 사실이지만, 그만큼 더 궁금하기도 했다.

"진짜 땅의 정령이 맞는지 제대로 확인해 보자."

"바율, 빨리 불러 봐!"

"…어, 어떻게?"

땅의 정령이 나타났던 건 정말 아주 잠깐이었다. 원래대로 돌아간 나뭇가지는 언제 그랬냐는 듯 꼿꼿하게 나무 기둥에 달려 있을 뿐, 이후로 아무런 움직임도 없었다.

"그거야 우리보다는 네가 잘 알겠지. 평소와 다른 느낌이라거나, 뭐 그런 거 없어?"

"없는데……."

"잘 둘러봐 봐. 근처 어딘가에 있을지 모르잖아."

"…전혀 안 보여."

"소리는? 수상한 소리도 없어?"

"…응."

"그러면 이노센트를 부를 때의 느낌을 떠올려 봐. 같은 정령이니 비슷하지 않겠어?"

"나무를 만져 보는 건 어떨까?"

"땅을 두드리는 건?"

갖가지 의견이 나왔다. 그리고 바율은 그 모든 의견을 수렴해서 진지하게 실천해 보았으나 아무 변화도 일어나지 않았다. 땅의 정령은커녕 기미조차 느낄 수 없었다. 그새 어딘가로 꽁꽁 숨어 버리기라도 한 듯 조용했다.

"뭐지? 혹시 그냥 가 버렸나?"

"설마! 사람을 이렇게 궁금하게 만들어 놓고 가 버리는 건 예의가 아니지."

"그럼 장난치는 건가? 이노센트 녀석도 그랬잖아."

이노센트의 첫인사는 물벼락을 뿌린 후 박장대소를 터뜨린 거였다. 땅의 정령도 그러지 말라는 보장이 없다.

"그렇담 남은 방법은 하나야. 바율."

에이단이 사뭇 진지한 어조로 바율을 불렀다.

"무슨 좋은 수라도 있냐?"

바율은 물론 일라이와 퀸, 로건까지 희망에 찬 눈빛으로 녀석을 돌아봤다.

"당근 있지."
"뭔데?"
"다시 넘어지는 거야."
"…응? 뭘 하라고?"
"아까처럼 다시 넘어지라고. 네가 넘어지기 직전에 나타나 도와줬잖아. 똑같은 상황이 되면 분명 다시 올 거야."
에이단은 회심의 미소를 지으며 확신했다.
"아무래도 나 천재인 것 같아. 어떻게 이런 생각을 해냈지?"
양팔로 제 몸을 스스로 안으며 자찬하는 모습이 진심으로 뿌듯해하는 것 같았다. 다들 어이가 없어 말을 잇지 못하는데 의외의 반응을 보인 건 퀸이었다.
"나쁘지 않군."
그게 무슨 헛소리냐고 타박할 줄 알았던 퀸이 웬일로 녀석에게 동조하는 것이 아닌가. 바율이 허락만 한다면 본인이 직접 밀어 줄 의향도 있어 보였다.
"저기, 나는……."
당황한 바율이 한 걸음 뒤로 물러설 때 다행히 로건이 먼저 나섰다.
"그러다 안 나오면? 이 녀석보고 이 더러운 오물 바닥을 구르라는 소리야?"

"아! 그건 걱정 마. 그렇게 되면 내가 클린 마법으로 씻어 주면 되니까."

"그런 건 더러워 죽겠다고 불평을 늘어놓기 전에 미리 썼어야 하는 거 아닌가?"

"나도 그러고 싶지만, 라이트 마법이랑 같이 사용하기에는 무리가 좀 있어서……."

로건의 눈초리가 어찌나 살벌한지, 일라이가 슬쩍 눈길을 피하며 에이단을 가리켰다.

"그리고 내가 넘어지라고 한 거 아니다. 저 녀석이 그랬지."

로건의 싸늘한 눈빛이 고스란히 에이단에게로 향했다. 녀석은 로건이 그러거나 말거나 말했다.

"진짜로 엎어지기 전에 우리가 잡으면 돼."

"정령이 그런 거 하나 간파하지 못할 것 같아?"

"그거야 해 보기 전엔 모르는 거지."

"지금 바율 가지고 도박하자는 거야?"

"누가 그렇대? 정령이 안 나타나니 한번 해 보자는 거잖아. 너만 바율 친구냐? 왜 그런 눈으로 노려보는데?"

듣자 듣자 하니 나쁜 놈 취급하는 것 같아 기분이 영 별로다. 가뜩이나 꼴 보기 싫은 놈이 날을 세우고 덤비자 에이단도 단번에 전투태세로 돌변했다.

"저기, 차라리 이노센트에게 부탁해 보는 건 어떨까?"

일촉즉발의 상황. 두 친구의 화를 잠재우고자 바율이 나섰다.

"이노센트한테?"

"응, 가끔 다른 정령을 만나기도 한다고 들었거든. 이노센트라면 좀 통하지 않을까?"

"같은 정령이니 일단 녀석의 눈엔 보이긴 하겠지."

"그래, 땅의 정령이 지금 여기에 있는지 없는지 정도는 확실하게 알 수 있겠다."

"근데 그 녀석 지금 쉬고 있을 텐데 괜찮나?"

"일단 한 번 물어볼게."

그리 긴 시간은 아니었지만 제법 푹 쉬었는지 이노센트의 기운이 많이 회복된 것이 느껴졌다. 다행히 자고 있던 것도 아니라서 바율은 땅의 정령에 대해 물을 수 있었고, 이노센트는 기꺼이 도움을 주기 위해 돌아왔다.

그러나 이노센트의 도움에도 불구하고 그날 그들은 땅의 정령을 다시 만날 수 없었다. 거기엔 조금 어이없으면서도 치명적인 이유가 존재했다.

2.

"오늘도 철수."

벌써 사흘째였다. 밤마다 방목장에 나와 훈련은 고사하고 땅의 정령을 불러내는 데 허비한 시간이 장장 열두 시간이 넘는다. 어르고 달래고 가끔은 화도 내 보고, 별짓을 다 했건만 땅의 정령의 코빼기도 볼 수 없었다.

"부끄럽대."

이노센트에게서 처음 그 이유를 전해 들었을 때 바율은 당황하지 않을 수 없었다. 전혀 상상도 하지 못한 이유였기 때문이다.

"…이노센트, 부끄럽다니? 그게 무슨 말이야?"

"우리가 알고 있는 민망하다, 수줍다, 뭐 이런 뜻의 그 부끄럽다가 맞아?"

"나처럼 직접 모습을 보여 주는 게 싫은가 봐. 여기 사람이 많아서 그런가? 응? 그건 아니라고?"

이노센트가 평소와 달리 지면에 가깝게 몸을 뉘며 한 바퀴 날아올랐다.

"바율, 싫은 건 아니래. 자기도 바율과 인사하고 싶대."

"그럼 나오라고 해! 그게 우리가 바라는 바라니까?"

답답함을 참지 못하고 일라이가 버럭 소리치자 이노센트

가 휙 날아와 경고했다.

"그러면 못써! 더 숨어 버렸잖아!"

"숨어? 어디로?"

"더 깊은 땅속으로 내려갔어. 나랑도 이제 말 안 할 건가 봐."

"라이, 너어!"

"아니, 내가 뭘 어쨌다고……."

에이단의 책망에 일라이가 억울하다는 듯 중얼거렸다.

"소심한 것도 정도가 있지 말이야. 진짜 이상한 녀석일세."

"이제 어떡하지? 진짜 방법이 없나?"

"생각해 내야지. 땅의 정령이 부끄러움을 무릅쓰고서라도 나오고 싶을 만한 상황을 우리가 어떻게든 만들어야 해."

그렇게 보낸 시간이 사흘이었다. 지난 사흘간 하루도 빠짐없이 방목장에 나가 땅의 정령을 구슬리기 위해 노력했지만 다 허사였다. 이제는 너무 지쳐 버렸다. 땅의 정령에 대한 호기심마저 사라질 판이었다.

"오늘도 나갈 거냐?"

점심 식사 후 식당 뒤편으로 친구들이 모였다. 그간 아무 성과 없이 밤을 새운 탓인지 피곤한 기색들이 역력했다.

"후하암, 나가긴 나가야 하지 않겠어? 그러다 영영 못 만나면 큰일이잖아."

"뭔 소리야. 언젠가는 나타나겠지."

"과연 그럴까. 우리가 며칠간 얼마나 노력했냐? 빌고, 애원하고. 진짜 별짓을 다 했다고. 그런 노력도 몰라주는 놈인데, 다시는 안 나타날지 어떻게 알아?"

연이어 터져 나오는 하품 때문에 눈물까지 흘리며 에이단이 불평했다. 아카데미에 입학한 후로 부족한 잠 때문에 가뜩이나 힘들어 죽겠는데, 보람마저 없으니 자꾸 부정적인 생각만 들었다.

'그리고 푹 자야 키도 큰다고!'

행여 이 일로 키가 안 자라면 어쩌나 조금은 걱정이 드는 에이단이었다.

"에이, 그건 아닐 거다. 바율이 똥 바닥을 구르는 게 싫어서 도와줬던 녀석인데 아주 사라지진 않을 거야. 부끄러움을 심하게 타서 문제지, 심성은 착한 것 같아."

"그러고 보니 전에 슈빅 녀석이 몰래 쫓아와서 바율 넘어뜨렸을 때, 그때도 이상했어. 앞으로 완전 심하게 고꾸라졌는데 전혀 다친 곳이 없었잖아."

"맞아. 바닥이 부드럽다며 말도 안 되는 소리를 했었지?"

"아, 응. 그랬지……."

돌멩이가 깔린 울퉁불퉁한 땅이었는데 침대처럼 폭신한

느낌이 들어서 당황했던 기억이 난다. 설마 그때도 땅의 정령의 도움을 받았던 것인가?

"우와, 그때부터네! 진즉에 바율 네 주변을 맴돌고 있었어!"

"어지간히도 네가 다치는 게 싫은가 보다."

"호위 기사가 따로 없구나, 따로 없어!"

땅의 정령의 노고(?)에 그야말로 실소가 터졌다. 보아하니 나서길 좋아하는 성격은 아닌 듯한데, 바율의 위기 때마다 도움은 꼭 주려고 한다. 며칠 밤을 생고생한 걸 생각하면 짜증은 좀 나지만, 왠지 미워하려야 미워할 수 없는 녀석일 것 같은 느낌이다.

"아무래도 작전을 변경해야겠다."

"작전?"

"무슨 작전?"

뜬금없는 일라이의 발언에 다들 귀가 쫑긋 세워졌다.

"우리가 너무 몰아붙였어. 어떻게든 땅의 정령을 불러내는 데에만 급급해서 안달복달했잖아. 정작 고려해야 할 건 따로 있는데."

"따로 있다니? 그게 뭔데?"

"성격."

"…성격?"

"응, 내성적인 녀석의 성격을 전혀 헤아리지 못했어. 부끄러워하는 걸 이노센트에게 듣고서도 그저 어이없어만 했지, 방법을 바꾸지 않았잖아. 녀석 같은 성격에는 접근 방법 자체를 달리해야 하거든. 내가 또 그런 쪽으로는 잘 알지."

"라이, 무슨 수라도 있는 거야?"

"네가 진짜 땅의 정령을 불러낼 수 있다고?"

"그럼 꾸물거리지 말고 지금 당장 해 봐."

일라이의 갑작스러운 호언장담에 다들 어리둥절했지만, 새로운 방법이 있다면 얼마든 환영이었다. 뭐든 해 보라는 듯 친구들이 모여들자 일라이가 둘째 손가락을 좌우로 흔들며 말했다.

"여기서는 안 돼. 필요한 게 있거든."

"필요한 거?"

"이따 밤에 보면 알 거다. 모두 늦지 말고 나오기나 하셔!"

뎅— 뎅— 뎅—

궁금함에 다들 일라이를 붙들고 물어보려 했지만, 때마침 4교시를 알리는 수업 종소리가 들려왔다. 남아 있는 수업마저 달라서 꼼짝없이 밤까지 기다리는 수밖에 없었다. 바율을 빼고는.

3.

"라이, 진짜 말 안 해 줄 거야?"

콧노래를 흥얼거리며 강의실로 향하는 일라이의 뒤를 바짝 쫓으며 바율이 재차 물었다. 바율이 묻는 거라면 그게 무엇이든 언제든 자상하게 답해 주던 일라이건만 오늘은 그저 웃기만 할 뿐 대꾸가 없다.

"라이, 나도 돕고 싶어서 그래. 근데 뭘 알아야 돕든가 하지."

"나 혼자서도 충분하다고 말했을 텐데. 저기 앉을까?"

강의실은 이미 1학년 학생들로 북적이고 있었다. 둘은 빈자리를 찾아 뒤쪽으로 이동했다.

"그래서 필요한 게 뭐냐니까? 왜 안 가르쳐 주는 건데?"

"쉿, 교수님 오신다."

"말 돌리지 마. 아직 안……!"

바율의 말이 채 끝나기도 전이었다.

"안녕, 제군들. 오랜만이야!"

강의실 문이 활짝 열리며 특유의 활기찬 음성과 함께 와이트 처치 교수가 입장했다. 그의 손에는 평소와 달리 나무줄기를 엮어서 만든 듯한 커다란 바구니 하나가 들려 있었다.

"교수님, 그동안 어디 가셨던 거예요! 저희가 얼마가 기다렸는데요!"

"마음대로 휴강하시는 게 어디 있어요! 정말 너무해요!"

"미안, 미안. 개인적으로 좀 바쁜 용무가 생겨서 말이야. 마침 시험도 끝났으니 너희도 쉬면 좋겠다 싶었지."

"히잉, 앞으로는 그러지 마세요! 저희가 얼마나 보고 싶었다고요!"

"맞아요! 교수님 생각나서 잠도 못 잤어요!"

"어이쿠, 나만 그런 게 아니었구나? 나도 어찌나 너희들이 보고 싶던지, 눈앞에 아른아른해서 많이 힘들었단다."

"꺄아, 진짜요?"

"그러엄! 거짓말 못 하는 거 알면서!"

와이트 교수가 한쪽 눈을 찡긋거리며 웃자 여학생들이 일제히 비명을 질렀다. 책상을 두들기고 서로 부둥켜안으며 저들끼리 아주 난리였다.

물론 예외도 있었다. 얼음 여신이라는 별호의 주인공답게 와이트 교수를 바라보는 라나사의 얼굴에선 그 어떤 표정의 변화도 찾을 수 없었다.

"근데요, 교수님. 그 바구니는 뭔가요?"

"아, 이거?"

와이트 교수가 씨익 웃으며 교탁에 바구니를 올렸다. 나무줄기를 엮은 틈 사이로 내용물이 비치긴 했으나 무엇인지는 확실하게 보이지 않았다.

"자, 내가 무얼 가져왔을까?"

궁금해하는 학생들을 위해 그가 뜸 들이지 않고 물건들을 하나씩 꺼냈다.

"약초들이네."

일라이가 바율의 귀에 대고 속닥였다. 그랬다. 와이트 교수가 교탁 위로 늘어놓는 건 색도 모양도 제각각인 약초들이었다. 이제 막 캔 듯 흙이 묻은 것, 햇볕에 바짝 말라 색이 바랜 것 등 종류가 꽤 많았다.

"오늘 수업에서 배울 약초들인가요?"

"아니."

약초학 수업 시간이니 와이트 교수가 약초를 가져온 것은 어찌 보면 너무나 당연했다. 그런데 정작 수업 때 배울 약초가 아니라니? 의아함에 아이들이 고개를 갸웃하자 와이트 교수의 얼굴에 실망이 떠올랐다.

"아무도 몰라보다니 너무하는걸. 정말 이게 뭔지 모르겠나?"

그가 손으로 약초 하나를 집어 들었다. 황색 달걀 모양의 뿌리에 길쭉한 줄기의 끝에는 주홍빛의 둥글고 납작한 꽃잎이 아직 시들지 않고 피어 있었다.

"플랫 로사입니다."

와이트 교수의 의도가 무엇인지는 모르겠지만, 일라이는 일단 한쪽 손을 들며 대답했다.

"오, 일라이! 그래, 네가 있었구나!"

마법 학부에서 전공 수업 만점을 기록하며 수석을 차지한 일라이는 이미 교수들 사이에서 칭찬이 자자한 인재였다. 평소 예의도 바르고 훌륭한 인성을 갖춘 데다 빼어난 미모까지 겸비했으니, 어떤 교수가 싫어할 수 있겠는가. 와이트 교수 역시 무척이나 반가워하며 일라이를 칭찬했다.

"수석답다. 그간 가르친 보람이 있어. 혹시 플랫 로사의 효능에 대해서도 알고 있니?"

"네, 플랫 로사는 꽃과 뿌리를 약으로 사용합니다. 꽃을 그늘에 말려 잘 달여 먹으면 배가 따듯해지고 설사를 멎게 합니다. 뿌리에서는 끈끈한 즙이 나오는데, 속이 쓰리거나 아플 때 먹으면 속을 편안하게 다스려 줍니다."

역시 수석은 아무나 하는 게 아닌 모양이었다. 마치 책을 보고 읽듯 줄줄 설명하는 일라이의 모습에 바율은 진심으로 감탄했다.

"과연 잘 알고 있구나. 한 가지 첨언하자면, 플랫 로사의 잎을 베이거나 찔린 상처에 짓이겨 바르면 아주 좋단다. 학기 초에 배웠던 건데, 일라이 빼고 다들 까먹고 있었지?"

"아니에요, 교수님!"
"그저 빨리 생각이 안 났을 뿐이에요!"
"저희가 얼마나 수업을 열심히 듣는데요!"
와이트 교수의 질책에 여학생들이 단체로 아니라며 아우성을 쳐 댔다.
"정말?"
"그럼요! 이제 다 기억난다고요!"
"호오, 그렇단 말이지?"
와이트 교수의 눈빛이 순간 장난스럽게 빛났다.
"좋아, 그렇다면 게임을 시작하자!"
"엥? 게임이요?"
난데없이 무슨 게임? 학생들의 어리둥절함을 아는지 어쩐지 와이트 교수가 신이 나서 설명했다.
"게임명은 약초 이름 맞추기. 개개인으로 하면 수가 너무 많으니까, 두 팀으로 나누는 게 좋겠다. 대결이니까 상이 있어야겠지? 뭐가 좋을까. 평일 외출증? 지각 사면권? 아니다. 나와의 오붓한 저녁 식사는 어때?"
"무조건 식사요! 교수님과 단둘이 밥 먹고 싶어요!"
"꺄아, 교수님과의 데이트라니! 어떡하면 좋아!"
"팀 대결인데 오붓한 식사가 웬 말입니까?"
여학생들의 비명 사이로 한 남학생의 짜증 가득한 목소

리가 울려 퍼졌다.

"아, 그렇구나. 실수, 취소할게."

아쉬움의 탄식이 쏟아졌지만, 아닌 건 아니었다.

"묻지도 따지지도 않는 평일 외출증이 좋겠다. 너희들 날마다 나가고 싶어서 환장들 하잖아."

"진짜로 주실 거예요?"

"그럼 가짜로 써 줄까? 나 장난하는 거 아니다."

평일 외출증은 엄청난 가치가 있었다. 엄격한 기숙사 생활을 자랑하는 캐링스턴 아카데미에서 평일에 외출을 하려면 반드시 그에 타당한 이유가 있어야만 했다. 그 기준 역시 몹시 까다로워서 허락을 받지 못하는 경우가 부지기수였다.

그런데 그런 귀한 것을 묻지도 따지지도 않고 써 주겠단다. 학생들에겐 게임을 거부할 이유가 전혀 없었다.

"단, 지는 팀은 한 달간 약초밭의 잡초 뽑기다. 어때, 할 텐가, 말 텐가?"

말없이 눈빛들이 오고 갔다. 한 달이나 잡초를 뽑아야 한다는 사실이 걸리긴 하지만, 외출증의 유혹은 대단했다.

설마 우리 팀이 지지는 않겠지?

이런 안일하고도 손쉬운 생각이 만연했다.

"교수님, 팀은 어떻게 나눠요?"

"음, 이 상태로 반으로 가르면 될 것 같은데?"

교탁을 중앙으로 좌우의 수가 비슷했다. 일라이의 옆자리라는 게 바율에겐 새삼 다행이지 않을 수 없었다. 근처의 학생들 역시 같은 심정이었다.

"그럼 시작할까?"

수업이 시작된 이래로 강의실이 가장 조용해졌다. 성적이 걸린 시험도 아닌데 외려 더 긴장감이 감돈다.

"처음이니까 쉽게 이게 좋겠다."

와이트 교수가 노란 꽃이 가지마다 피어 있는 약초를 집었다. 특이한 점은 잎사귀 가장자리가 마치 톱니처럼 삐죽삐죽한 모양을 띠고 있었다.

"인쿨라."

바율은 이번에도 당연히 일라이가 먼저 맞힐 줄 알았다. 하지만 정답은 상대 팀에서 흘러나왔다.

"주로 여름에 꽃을 피우고 열매는 가을에 맺습니다. 약으로 쓰는 건 뿌리 부분인데 목이 아프거나 기침이 날 때 먹으면 좋습니다."

"정답! 정확하게 알고 있구나, 라나사."

이쪽에 일라이가 있다면 저쪽엔 기사 학부 수석인 라나사가 있었다. 잡초를 캐기는 싫었는지 굳게 입을 다물고만 있던 그녀가 드디어 움직였다.

"아싸!"

"라나사, 난 처음부터 널 믿었어!"

일라이와 같은 팀이 못 된 것에 대해 좌절하고 있던 아이들이 그제야 얼굴을 펴며 환호했다.

"나도 알고 있었는데 한발 늦었네."

일라이가 아쉬움에 입맛을 다셨다.

"두 번째 문제 나간다."

두 번째 약초는 조금 특이하게 생긴 풀이었다. 감자처럼 생긴 둥그스름한 알뿌리에 곧바로 길쭉한 잎이 여러 장 돋아 있었다. 가느다란 수염뿌리가 덥수룩하게 덮여 있는 게 조금은 지저분하게 보이기도 했다.

"빌라트리아! 난의 일종입니다! 가루를 내서 따듯한 물과 함께 마시면 피를 멎게 합니다. 화상에도 효과가 좋다고 알려져 있죠."

이번엔 일라이가 빨랐다. 녀석이 와이트 교수가 약초를 집자마자 기다렸다는 듯 정보를 술술 나열했다.

"일 대 일, 막상막하인가?"

팀 대결이란 말이 무색하게 갈수록 양상은 일라이와 라나사의 개인전으로 흘러갔다. 둘은 한 치의 양보도 없었다. 일라이가 하나를 맞히면 다음은 어김없이 라나사가 맞히는 주고받기가 계속되었다.

두어 번 바율도 알 법한 약초가 나왔지만, 워낙 둘의 순발력이 빨라 입도 뻥긋할 새가 없었다.

"헬레이나. 깊은 산 속 그늘진 곳에 서식하는 작은 풀로 술을 담거나 차로 우립니다. 어린잎은 나물로 먹기도 하는데, 뼈와 근육을 단단하게 하며 기운을 북돋아 줍니다."

"헉! 오 대 사야. 어떡해!"

한 문제를 남겨 두고 라나사의 연속 정답으로 비등하던 균형이 깨졌다. 이렇게 되면 남은 문제를 꼭 맞혀야만 동점으로 잡초 뽑기를 면할 수 있었다. 일라이에게 잔뜩 기대를 걸고 있던 아이들의 얼굴이 한순간에 죽상으로 변했다.

"자, 마지막 문제다. 집중하기!"

이 상황이 재미있는 건 와이트 교수뿐이었다. 그가 웃으며 약초를 집어 아이들에게 보였다. 이제껏 그래 왔듯 일라이와 라나사에게로 시선이 모였다.

"응?"

그런데 무슨 일일까. 어째선지 둘 다 잠잠하다. 지금까지와는 너무나 상반된 모습이었다.

"이런, 두 수석님께서 모르는가 보네. 다른 누구 아는 사람?"

와이트 교수가 잘 보라는 듯 약초 든 손을 번쩍 들었다. 흡사 쑥대머리 같은 지저분한 수염뿌리에 긴 가지가 어른의 팔 길이만큼 뻗어 있고, 그 끝에 동글 넓적한 잎이 크게 달려 있었다.

"흐음, 잘 생각해 보면 기억이 날 텐데."

꼼짝없이 한 달간 잡초를 뽑느냐 마느냐의 기로에 서 있었다. 노동을 떠나서 그곳은 고약한 냄새 때문에 학생들이 꺼리는 장소였다. 냄새라면 방목장만으로도 충분하다. 바율은 고통을 늘리고 싶은 생각이 조금도 없었다.

'라이, 진짜 몰라?'

바율은 자기도 모르게 간절한 눈빛으로 일라이를 바라봤다. 녀석의 입에서 제발 답이 나왔으면 좋겠다.

그때였다.

—아일락.

"…아일락?"

바율은 자기도 모르게 귓가를 울리는 음성을 따라 읊조렸다.

"오, 지금 누구지?"

매우 작은 소리였지만 실내가 워낙 조용했기에 와이트 교수의 귀에도 들어갔다. 그가 휘파람을 불며 정답자를 찾았다.

"바율이요! 제가 들었어요!"

바율의 뒷자리에 앉은 여학생이었다. 그녀가 동점이 되

었다는 사실에 흥분하며 소리쳤다. 안도의 한숨이 여기저기서 쏟아졌다.

"바율도 약초학에 관심이 있는 줄 몰랐네. 효능에 대해서도 설명해 보겠니?"

"아, 저 그게…… 이름밖에 생각이……."

당황한 바율은 대충 얼버무렸다. 이게 대체 무슨 상황인지 얼떨떨하기만 하다. 바율은 그저 갑자기 들린 목소리에 자신도 모르게 반응을 한 것일 뿐, 아일락이란 약초에 대해 아는 것이 없었다. 저 약초가 아일락이란 사실도 지금 알았다.

"흐음, 어쨌든 이름은 맞혔으니 정답으로 쳐 주지. 아일락은 몸이 붓거나 염증이 생겼을 때 먹으면 좋은 대표적인 약초다. 당뇨병에도 특효로 알려져 있지."

설명을 마친 와이트 교수가 바구니로 손을 가져갔다.

"오 대 오, 동점은 좀 시시하다. 그치?"

"아니요! 아무도 손해 보지 않았으니 지금이 딱 좋아요!"

"에이, 기껏 시작한 건데 승부는 봐야지. 내가 외출증 써준다니까?"

"아니에요!"

"괜찮아요!"

아이들의 거부 의사가 빗발쳤지만 와이트 교수를 막을 순 없었다. 그가 끝내 새로운 약초를 바구니에서 꺼내 들었다.

“마지막 문제다! 맞히는 팀이 승리하는 거야!”

—세나토라.

‘헉!’

기다렸다는 듯 좀 전의 목소리가 다시금 바율의 귓가를 울렸다. 그리고 그 순간 바율은 확신했다.

땅의 정령이야!

그가 나를 또 돕고 있어!

처음엔 당혹감이 커 인지하지 못했지만, 이제는 느껴졌다. 분명 다르지만 이노센트를 닮은 목소리, 땅의 정령이었다. 그가 마침내 바율을 다시 찾은 것이다.

—세나토라.

바율이 말이 없자 땅의 정령이 다시금 소리를 냈다. 반가움과 고마운 감정이 뒤섞여 바율을 흔들었다. 이런 식으로 재회를 할 거라고는 꿈에도 생각지 못했기에 기쁨이 더 컸다.

“세나토라.”

바율은 땅의 정령의 노고를 위해 기꺼이 약초의 이름을 말했다.

“…정답! 이번에도 바율이 맞혔구나!”

의외였는지 와이트 교수가 한 박자 느리게 정답을 외쳤다.

"우아아아! 이겼다!"

"외출증이다!"

아이들의 함성이 떠나가라 강의실을 메웠다. 몰려든 아이들이 잘했다며 바율과 일라이의 몸을 마구 흔들었다.

"바율, 너……?"

그리고 그제야 일라이도 눈치챈 듯 입을 벙긋거렸다.

'정령이지? 땅의 정령이 나타난 거지?'

바율은 천천히 고개를 끄덕였다. 여전히 눈에 보이지는 않지만, 목소리만은 뚜렷하다.

거칠지만 따스함이 녹아 있는 음성.

드디어 만났다.

바율의 가슴이 콩닥콩닥 뛰기 시작했다.

4.

"바율, 너 낮에 땅의 정령을 만났다며!"

컴컴한 밤, 방목장에 친구들이 다시 모였다. 도서관 일이 바빠 점심시간 이후로 통 얼굴을 볼 수 없었던 에이단이 도착하자마자 흥분해서 물었다.

"응, 에이단. 라이한테서 들었어?"

“어, 아까 도서관에 잠시 왔더라고. 그럼 이제 부르면 나오는 거야?”

한껏 기대에 부푼 녀석에게는 미안하지만 바율은 고개를 저으며 말했다.

“아니, 그냥 목소리만 잠깐 들었어.”

“으잉, 뭐야! 설마 아직도 부끄럽대?”

“그런 것 같아.”

방목장에 오기 전까지 땅의 정령을 불러내 보려고 부단히도 애를 썼지만, 이번에도 달라진 것은 없었다. 바율에게 도움을 주고는 싶은데 여전히 나타나기는 싫어한다. 답답하지만 한편으로는 참 일관성 있는 성격이었다.

“와, 밀당 하는 솜씨가 가히 천재적이구먼! 퀸, 원래 정령은 다 이러냐? 왜들 이렇게 제멋대로야?”

“자아가 살아 있는 존재라고 했잖아. 정령은 특별해. 평범한 게 오히려 이상한 거라고.”

“아무리 그래도 그렇지, 이건 좀 너무 당황스럽잖아. 남은 두 정령이 어떨지 벌써부터 무서워진다!”

부르르 몸을 떨며 과장된 행동을 취하는 에이단을 생각없이 바라보고 있던 로건은 문득 궁금증이 들었다.

“이노센트는 물의 정령이고, 지금은 땅의 정령이니 바람과 불의 정령이 남은 건가?”

"응, 로건. 아직 한 번도 느끼지는 못했지만."

"혹시 그들도 땅의 정령처럼 네 주변을 맴돌고 있는데 자각하지 못하고 있을 가능성은 없어?"

바율은 고개를 가로저었다. 둔한 성격 탓에 땅의 정령의 존재를 뒤늦게 알아차리긴 하였지만, 바람과 불의 정령은 아무리 되짚어 봐도 그럴 만한 상황이 전혀 없었다.

"나도 혹시나 싶어 생각해 봤는데, 없는 것 같아. 땅의 정령처럼 의심할 만한 일이 아예 일어나질 않았거든."

"정확히 말하자면, 한 번은 있었어. 촛불이 멋대로 켜지고 강풍에 물건들이 덜거덕거리는 걸 내 눈으로 똑똑히 봤으니까."

"아, 나 기절했을 때 말이지?"

몇 번이나 들었지만, 바율에겐 없는 기억이었다.

"정말 사대 원소의 정령이 전부 나타날까? 퀸, 아직도 그건 불가능한 일이라고 생각해?"

"…이론상으로는 그렇지. 하지만 이제 나도 모르겠어."

땅의 정령이 출현하기 전까지는 불가능에 확신을 두던 퀸이지만, 이제는 정말 모르겠다.

바율은 여러 면에서 상식이 통하지 않았다. 오래전 정령계가 멸망하여 사람들의 기억 속에서 완전히 사라져 버린 정령이, 녀석을 매개로 모여들고 있다.

어째서 이 녀석인 걸까?

퀸은 의문스러웠지만, 속 시원히 답을 내리진 못했다. 다만 한 가지, 바율에게는 설명할 수 없는 어떤 특별함이 있었다. 가끔씩 녀석에게서 느껴지는 거대한 기운 때문에 퀸은 오싹할 때가 있었다.

"고민은 나중에 하는 게 어때? 바람의 정령이든 불의 정령이든 나타나면 그때 생각하자고. 지금은 땅의 정령이 시급한 문제잖아."

넌 왜 쓸데없는 얘기를 꺼내서 분위기를 심각하게 만드냐?

말은 안 했지만 로건을 노려보는 에이단의 눈동자가 살벌하게 빛났다. 실상 따지고 보면 먼저 얘기를 꺼낸 쪽은 자신인데 전혀 생각을 못 하는 눈치였다.

"그나저나 라이는 왜 안 오는 거야? 우리 보고 늦지 말라더니 자기가 늦으면 어쩌자는 건데? 설마 잠든 건 아니겠지?"

"얘들아, 늦어서 미안! 룸메가 오늘따라 통 잠을 안 자는 바람에 나올 수가 없었어. 자는 척하느라 완전 혼났네."

호랑이도 제 말 하면 온다고 했던가. 에이단의 투덜거림이 끝나기가 무섭게 일라이가 붉은색과 금색이 뒤섞인 화려한 체크무늬의 잠옷을 입은 채 허둥지둥 달려왔다. 그런 그의 등에는 평일엔 보기 힘든 기타 가방이 메여 있었다.

"뭐냐? 오밤중에 웬 기타?"

"라이, 혹시 필요하다고 했던 게……?"

"어, 맞아. 이게 필요했어."

바율의 짐작에 일라이가 빙그레 웃으며 가방에서 기타를 꺼냈다.

"설마 지금 기타 치면서 노래를 하겠다는 건 아니지?"

"아니기는, 맞는데?"

"헐! 라이, 진심이야? 네 노래를 듣고 땅의 정령이 나온다고?"

전혀 생각지도 못한 접근 방식이었다. 하도 장담을 하기에 대단한 방법이라도 있을 줄 알았던 에이단으로서는 그야말로 황당하기 짝이 없었다.

그건 다른 친구들이라고 다르지 않았다. 바율은 물론이고 퀸과 로건 역시 말을 잇지 못하고 두 눈만 끔벅였다.

"너희 언제 내 노래 들어 본 적 있어?"

일라이가 바위에 걸터앉았다. 그러곤 익숙한 솜씨로 기타 현을 조율했다.

"난 없는데, 너희는?"

"나도 없어."

"그냥 멋으로 들고 다니는 거 아니었나?"

친구들의 반응에 일라이이가 어이없다는 듯 피식 웃었다.

"날 이렇게 몰라서야, 원."

"그건 마치 라이 네가 노래를 엄청 잘한다는 소리로 들린다?"

"맞게 들은 거야. 듣고 놀라서 기절하지나 말라고."

"곧 탄로 날 허풍을 너무 세게 치는 거 같은데."

에이단의 의심에도 일라이는 흔들리지 않았다. 그가 마지막 조율을 마치고 친구들을 일별했다.

"너희는 가만히 지켜보기나 해. 진정한 음악이 뭔지 내가 일깨워 줄 테니까."

이번 기회에 음악이란 것이 얼마나 아름답고 위대한지 녀석들에게 보여 줄 참이었다.

"제목은 내게로 와 주세요."

일라이가 기타를 튕기며 지그시 눈을 감았다. 고요한 밤, 환한 달빛 아래서 기타를 연주하는 일라이의 모습은, 이곳이 가축들의 오물로 가득한 방목장이라는 지리적 단점에도 불구하고 순간 어느 대갓집 복도에 걸린 액자 속 풍경을 연상시켰다.

일라이의 잠옷 차림이 조금도 어색하지 않았다. 그의 흠잡을 데 없는 미색에 부드러운 기타 선율이 어우러지자 한순간에 분위기가 압도되었다.

그리고 잠시 후 일라이의 노래가 시작되었을 때 그들 전부 깜짝 놀라 흠칫 몸을 떨었다.

그대를 처음 만난 날, 눈 부신 햇살이 쏟아졌죠.
난 순간 멍하니 그대를 바라만 봤죠.
쿵쾅거리는 내 심장 소리만이 귓가를 채웠어요.
나는 그때를 잊지 못해요.
나를 봐 주세요. 내게로 와 주세요.
나 오직 그대뿐, 내 세상의 중심은 당신이에요.

이제껏 알던 일라이의 음성이 아니었다. 이토록 매혹적인 소리는 들어 본 적이 없었다. 온몸의 감성을 자극하는 섬세한 목소리가 주변을 채우자 전율이 일었다. 다들 불의의 역습이라도 당한 듯 얼이 빠진 채 멍히 바라보기만 했다.

그런데 언제부터였을까?

어느 순간 관객은 넷이 아니라 다섯이 되어 있었다. 석상이라도 된 듯 굳어 있는 네 친구들 사이로 봉두난발을 한 작은 체구의 노인이 홀린 듯 걸어 들어왔다.

"……!"

바율이 노인을 발견한 건 노래가 끝나 갈 무렵이었다. 갖은 방법으로도 불러낼 수 없었던 땅의 정령이 마침내 모습을 드러낸 것이다.

너무나 간단했다. 터무니없을 거라고 여겼던 방법이 보기 좋게 통했다.

'하긴, 나라도 나왔을 것 같아.'

일라이의 노래를 듣고 난 지금, 바율의 생각은 완전히 바뀌었다. 그의 소리는 상대를 끌어당기는 힘이 있었다. 듣고 있으면 그대로 빨려 들어갈 것만 같은 마법 같은 힘이었다. 그래선지 땅의 정령을 마주하고도 바율은 크게 놀라지 않았다. 그토록 기다린 순간인데 그냥 당연하게만 느껴졌다.

"드디어 만났네."

노래를 끝낸 일라이가 기타를 세우며 방긋 웃었다. 그의 노래에 흠뻑 빠져 있던 친구들이 그제야 땅의 정령을 발견하고 화들짝 놀랐다.

"지, 진짜 나왔네!"

"…그쪽이 땅이 정령?"

"근데…… 할아버지?"

반갑고 기쁜 마음도 잠시, 상상했던 것과 너무나 다른 땅의 정령의 모습에 다들 적지 않은 충격을 받았다.

백발에 주름이 웬 말이며, 수염은 또 무어란 말인가. 바닥을 질질 끄는 긴 장발의 머리는 빗질을 언제 했는지 알 수 없을 정도로 산발이었고, 옷은 입었는지 벗었는지 알 길이 없을 만큼 피부와의 경계가 모호했다.

한마디로 부끄러움과는 꽤 멀게 느껴지는 외모의 소유자였다.

"…안녕하세요."

체구는 바율의 가슴팍에도 미치지 못할 만큼 작았지만, 백발에 수염까지 난 상대에게 반말을 할 수는 없었다. 이노센트 때와 달리 저절로 존댓말이 튀어 나갔다.

끄덕.

바율의 인사에 수줍은 듯 땅의 정령이 얼굴을 붉혔다. 부끄러움을 심하게 탄다는 걸 이미 알고 있음에도 막상 대면하니 영 어색하다.

고정 관념이라는 것이 이래서 무서운 거구나.

부끄러움에 다시 숨어 버리면 큰일이었다. 바율은 잡생각을 떨치고 준비했던 말을 땅의 정령에게 풀었다.

"일전엔 감사했습니다. 크게 다칠 수도 있었는데 덕분에 상처 하나 없이 지나갔거든요."

"……."

"며칠 전에도 도와줘서 고마워요. 여기서 넘어졌더라면 씻느라 꽤 애를 먹었을 거예요."

"……."

"오늘도 그래요. 약초학 시간에 도와줬던 것, 셰임 맞죠?"

"…셰, 셰임?"

기이한 현상이었다. 바율이 말을 하면 할수록 정령의 고개가 밑으로 향하며 얼굴은 점점 붉게 달아올랐다. 대관절 어디까지 빨개질 수 있을까 모두가 생각하는 그때, 처음으로 땅의 정령이 소리를 냈다.

탁하지만 부드러움이 담긴, 바율이 약초학 시간에 들었던 그 목소리였다.

"바율, 셰임이라니? 그게 땅의 정령 이름이야?"

"응, 기다리면서 지어 봤어. 모든 정령에겐 이름이 없다고 들었거든. 셰임, 어때요? 제가 그렇게 불러도 될까요?"

끄덕끄덕.

다시 한번 셰임의 고개가 천천히 위아래로 움직였다. 이노센트 때와는 천지 차이로 다른 반응이었지만, 그 역시 좋아하고 있음을 바율은 느낄 수 있었다.

"셰임, 이미 알고 있겠지만 여긴 내 친구들이에요. 에이단, 퀸, 로건, 일라이. 노래가 너무 훌륭했죠?"

"…대단히 좋았다."

셰임이 까만 눈동자를 들어 황홀한 듯 일라이를 올려다봤다. 덥수룩한 수염에 주름이 자글자글한 백발의 노인. 하지만 눈빛만큼은 어린아이처럼 맑고 순수하다.

'이노센트와 닮았어.'

외모도 성격도 전혀 다른 둘이지만 가진 기운과 느낌은 흡사했다. 그래서일까. 별안간 마음이 한결 편안해진다. 어떤 상황에서도 무조건 내 편이 되어 줄, 그런 존재가 하나 더 생긴 것 같아 든든했다.

"좋았다니 다행이네. 가끔 심심하면 불러 주지."

셰임의 칭찬이 싫지 않은 듯 일라이가 선심 쓰듯 말했다. 그러자 주름진 셰임의 입가에 처음으로 미소가 그려졌다.

"호오, 지금 웃은 거야? 부끄러움을 하도 타서 얘기를 하다가도 사라지면 어쩌나 걱정했는데 그럴 필요가 없었네? 아무튼 만나서 반갑…… 어라? 셰, 셰임?"

갈수록 얼굴이 홍당무로 변해 가서 설마설마했건만, 예감대로였다. 일라이의 말이 채 끝나기도 전 셰임이 또다시 사라져 버린 것이다.

"뭐, 뭐야? 다시 숨은 거야?"

"제발 아니라고 해 줘!"

아직 대화다운 대화는 나눠 보지도 못했다. 에이단이 망연자실해서 소리쳤다.

"라이! 이게 다 너 때문이잖아! 웃으니까 어떠니 마니, 괜한 말을 해서는!"

"아니, 내가 무슨 말을 했다고 그래!"

노래 실력이 대단하다고 치켜세울 때는 언제고 에이단이 갑자기 버럭 하자 일라이가 황당해했다.

"부정 타게 사라진다는 소리는 왜 하냐고! 으이구, 노래만 잘하면 다냐!"

"헐, 누구 덕분에 오늘의 만남이 성사된 건지 그새 까먹은 거냐? 앙?"

"불러냈으면 책임을 져야지! 이제 또 언제 나오겠어!"

"한 번 봤으니까 당연히 이후로는 금방 나오겠지. 안 그러냐, 바율?"

모두가 진심으로 그러길 바랐지만, 안타깝게도 셰임을 다시 만난 건 그로부터 이틀이나 지나서였다. 일라이의 새로운 노래도 소용없었다. 바율의 곁에는 있지만 셰임을 만나는 것은 대단히 요원한 일이었다.

그나마 다행인 것은 최소한 대화는 가능해졌다는 점이다. 바율이 셰임을 찾거나 뭔가를 물으면 떨리는 목소리지만 거부하지 않고 답변이 들려왔다.

바율은 그것만으로도 충분했다. 차차 친해지는 것도 나름의 기쁨이 있을 테니까.

Chapter 10.
1학년 사절단

1.

땅의 정령을 새롭게 친구로 맞이하였지만 바율의 일상이 평소와 특별히 달라진 점은 없었다. 낮에는 정해진 수업을 듣고 밤에는 남몰래 방목장에서 훈련을 하는 단조로우면서도 평범한 생활을 이어 갔다.

바율이 땅의 정령에게 셰임이라는 이름을 정해 준 사실을 알고 이노센트가 잠시 토라지긴 했지만, 잉그리드의 위로로 그리 오래가지는 않았다.

잉그리드가 '삐약삐약' 무어라 이야기하자 이노센트가 함박웃음을 지으며 '잉그리드, 최고!' 라고 소리치며 날아올랐다.

이노센트와 셰임은 서로 알고 지낸 지가 꽤 된 것 같았다. 그렇다고 친밀한 것은 아니고 그냥 서로의 존재를 아는 정도의 사이랄까.

조금만 깊게 생각해 보면 당연한 것이기도 했다. 천방지축인 이노센트와 부끄럼쟁이인 셰임이 친하다면 오히려 그게 더 이상했다.

“바윹, 내가 생각을 좀 해 봤는데 말이야. 셰임도 이제 슬슬 훈련을 해야 하잖아? 이왕 하는 거 기분 좋게 하려면 라이를 노래시키는 건 어떨까?”

산들바람이 솔솔 불어오는 화창한 아침이었다. 수거한 책을 머리에 인 채 뒤뚱뒤뚱 걸어오던 에이단이 나름 진지하게 말을 꺼냈다.

“라이에게 노래를?”

“응, 부끄럽다고 또 중간에 막 사라지면 낭패잖아. 아직 난 제대로 얘기도 못 나눠 봤다니까?”

에이단이 말을 안 해서 그렇지, 셰임에게 궁금한 점이 한두 가지가 아니었다. 땅의 정령은 물의 정령과 어떤 것이 다르고 어떤 능력을 지녔는지 자세히 듣고, 보고 싶었다.

“음, 지금은 서두르지 않는 게 좋을 것 같아. 역효과가 날 수도 있잖아.”

"역효과?"

"셰임에게는 시간을 좀 주고 싶어. 마음 편히 내 앞에 나타날 수 있게 되면 그때 시작하려고."

"그러니까 내 말이 그거잖아. 라이가 노래를 불러 주면 편안해지지 않겠어?"

"글쎄. 오히려 집중을 못 할 것 같은데."

노래하는 일라이를 바라보던 셰임과의 첫 만남이 떠올랐다. 황홀경에 빠져 누가 있다는 것도 잊은 채 일라이만을 향해 다가갔다. 그런 상황에서 훈련이 제대로 될 리 없었다.

"그리고 그때 봤잖아. 일라이의 노래를 듣고도 나오지 않던 거."

"그거야 숨어서 듣고 있었겠지. 이번에 좀 다르게, 일단 불러낸 다음에 노래를 불러 주자니까? 침착해질 수 있게 말이야."

"매일 밤 라이에게 그런 부탁을 하기엔 미안한걸? 라이트 마법을 켜 주는 것만도 고마운데, 방목장에서 노래까지 불러 달라는 건 좀……."

"아, 맞다. 내가 잠시 장소를 깜박했다."

평소 방목장이라면 칠색 팔색을 하는 일라이였다. 한두 번이면 몰라도 매일 밤을 냄새와 씨름하며 노래하는 건 확실히 무리였다. 설사 일라이가 백번 양보해서 노래를 한다고 쳐도, 매일 불평불만에 시달릴 걸 생각하면 아예 말을 꺼내지 않는 편이 나았다.

"아휴, 똥 냄새가 나면 얼마나 난다고 그러는지. 자기는 똥 안 싸나?"

"라이가 원래 좀 깔끔하잖아."

"내가 볼 땐 개 결벽증이야. 앉았다 일어나면 옷이 구겨지는 게 당연한 건데 그것도 못 참는다니까. 그거 완전 병이라고."

"그래도 지저분한 것보다는 낫지 않아? 단정해 보이고 좋잖아."

"헐! 단정하다고? 라이의 그 치렁치렁한 옷들이?"

"내 옷이 뭐가 어디가 어떤데?"

"라이!"

에이단과 얘기를 나누느라 일라이가 가까이 온 것도 몰랐다. 갑자기 훅 끼어드는 익숙한 목소리에 바율은 반갑게 돌아섰다.

"네가 여긴 어쩐 일이냐?"

"어째 에이단 너는 말투가 영 못마땅한 기색이다?"

"그게 아니라 너 전공 시간 아니야? 여기 말고 옆 학관으로 가야지."

"그 전에 볼일 보러 왔다. 그러는 너희 둘은 왜 같이 있는데?"

일라이가 알기로 둘 역시 각자의 전공 수업 시간이었다. 자기 몰래 무슨 작당이라도 하냐는 듯 그의 눈이 의심쩍게 변했다.

"오다가 만났어. 교수님께서 찾는다고 하시더라고."

"…교수님?"

"응, 다 왔다."

에이단이 손가락을 들어 팻말을 가리켰다. 팻말에는 로티어스 제인 폰 윈터 교수라고 쓰여 있었다.

"으잉? 너희도 로티어스 교수님께서 부르셨단 말이야?"

"그럼 라이 너도……?"

일라이의 고개가 세차게 움직였다. 그리고 그때 그의 뒤로 익숙한 인영이 그들 시야에 잡혔다.

"어라? 퀸도 왔는데?"

뿐인가. 줄줄이 로건과 엘레인, 루빈스키, 슈스케, 그리고 라나사까지 보였다. 공교롭게도 그들 모두 이번 시험에서 좋은 성적을 거둔 우등생들이었다.

"설마 너희들 전부 로티어스 교수님을 찾아온 건 아니겠지?"

에이단의 설마가 사실이 되기까지는 약 1분쯤의 시간이 필요했다.

2.

“여어, 다들 모였네?”

이제 막 깨어났는지 헝클어진 머리에 눈곱을 떼며 로티어스 교수가 등장했다.

“들어와.”

그가 문을 열고 안으로 들어오라며 손짓했다.

‘윽, 냄새.’

로티어스 교수의 방은 여전했다. 코를 찌르는 담배 냄새에 정리되지 않은 물건들이 여기저기 지저분하게 나뒹굴고 있었다.

“먼저 환기 좀 시킬게. 거기들 앉아.”

첫 만남 때와 비슷하다. 깨끗한 공기가 유입되자 그나마 숨쉬기가 편안해졌다. 양심은 있는지 전처럼 담배를 찾지는 않았다.

“자, 보자. 으음, 다 왔네. 한 명 빼고.”

상석에 자리를 잡으며 로티어스 교수가 아이들의 면면을

확인했다.

“다들 궁금하지? 학부도 기숙사도 다른 너희들이 왜 여기에 모여 있는지.”

“…혹시 저희가 베르가라에 가는 겁니까?”

“뭐야, 알고 있었어?”

깜짝 놀라게 해 줄 생각에 잔뜩 부풀어 있던 로티어스 교수가 역으로 놀란 표정을 지었다.

“황태자 전하의 생일 파티에 학생들을 초대할 거라는 말을 들었거든요. 거기에 제가 포함될 거라는 생각은 하지 못했지만요.”

“맞다. 이 얘기가 어디서 새어 나갔는지는 모르겠다만, 린데만 황태자의 열여덟 번째 생일을 맞이하여 황실에서 초청장이 왔다. 성년식이니만큼 의미 있게 치를 모양인 듯하더구나. 해서 아카데미 측에서 논의 결과 1학년 학생들에게 그 기회를 주기로 하였다.”

“선배들이 바빠서 그런 것 아니고요?”

동그란 얼굴에 금테 안경을 쓴 단발머리 소녀였다. 지난 시험에서 행정학부 수석을 차지한 루빈스키가 안경을 쓸어올리며 당돌하게 물었다.

“이런, 그것도 알고 있었니?”

로티어스 교수가 멋쩍은 듯 머리를 긁적이며 설명했다.

"사실 2, 3, 4학년들은 지금 시간적 여유가 없거든. 황도를 오고 가는 데 족히 열흘 이상은 걸릴 텐데, 그랬다간 학업에 지장이 올 거야. 그래서 상대적으로 아직 여유로운 너희들이 가게 된 거지."

"꼭 가야 하나요?"

이번엔 라나사였다. 줄곧 무표정하게 앉아 있던 그녀가 처음으로 입을 뗐다.

"가면 꽤 재미있을 거야. 황궁 베르가라에 갈 수 있는 기회는 절대 흔치 않아!"

티는 안 냈지만 로티어스 교수는 살짝 당황하고 있었다. 무려 아카데미 대표로 황궁을 방문하는 것이었다. 황실의 초청을 받고 가는 것이란 말이다. 보통의 경우라면 영광 운운하며 감격에 겨워 울고도 남을 법한 상황이었다.

한데 예상과 달리 좋아하는 녀석이 한 명도 없다. 신나고 기뻐해도 모자랄 판국에 어째 다들 분위기가 삭막하다. 교수 인생 십 년 만에 이런 광경은 또 처음이었다.

"그래서 꼭 가야 한다는 말씀인가요?"

"아마 파티 내내 진수성찬이 차려질 거다. 황실 오케스트라 연주는 또 얼마나 기가 막힌데? 눈과 입과 귀가 전부 호강하게 될 거라 내가 장담하지!"

"…그러니까 꼭 가야 한다는 말씀이시군요."

"안 가면 무조건 후회할걸? 나중에 분명 나한테 고맙다고 얘기할 날이 있을 거야."

"저희가 받을 수 있는 혜택은 뭐가 있죠?"

명확한 답 없이 장황한 설명을 한다는 건 이미 결정된 사항임을 뜻했다. 그렇다면 이쪽도 실속을 챙기는 것이 이로운 판단이었다.

"라나사, 날카로운 질문이구나."

로티어스 교수가 잠깐 어색하게 웃더니 말을 이었다.

"너희들은 앞으로 1학년 사절단으로 불리게 될 것이다. 아카데미를 대표하여 멀리 가는 것이니만큼 다음 학기 봉사 활동 점수로 인정됨은 물론, 캐링스턴을 빛낸 학생으로 선정하여 학점에 가산점을 줄 예정이다. 당연히 성적에도 많은 도움이 되겠지?"

어때, 이만하면 좋은 조건이지?

로티어스 교수가 회심의 미소를 지으며 아이들을 살폈다. 그러나 단 한 명도 크게 기뻐하는 기색이 없었다.

'쩝, 맥 빠지는군.'

"인솔자는 나와 블레이크 교수가 맡기로 했다. 출발은 내일 아침, 정문에서 마차를 타고 역으로 가 기차로 이동할 계획이다. 질문 있나?"

학생들에게 미리 양해도 없이 거의 통보나 다름없는 진

행이었다. 학생과의 유대감을 중히 여기는 로티어스 교수이기에 평소 그가 선호하는 방식은 아니었지만, 여기엔 어쩔 수 없는 여러 이유들이 존재했다.

우등생 사절단이란 건 사실 보기 좋게 포장한 것일 뿐, 대부분이 세도가의 자식들이었다. 도당에 친인척 관계가 없는 건 인어족인 퀸과 집시 출신인 일라이 정도뿐이었다. 그나마도 구색을 갖춘다는 핑계로 그가 우긴 것이었다.

사절단이 되길 희망하는 학생들의 자원을 받아 초청에 응하자는 것이 로티어스 교수의 생각이었지만, 아카데미 측의 의견은 달랐다.

황태자와의 연을 직접적으로 만들 수 있는 기회였다. 당연히 귀족들의 입김이 있었고, 대부분의 운영 자금을 귀족들의 기부금으로 충당하는 아카데미 입장에선 눈치를 볼 수밖에 없었다.

로티어스 교수 역시 돈을 받고 고용된 처지이기에 결국엔 위에서 하라는 대로 따를 수밖에 없었다. 아이들이라도 좋아했으면 하길 바랐는데(이 점은 정말 그럴 거라 믿어 의심치 않았다), 미안하지만 어쩔 수 없었다.

"질문 없으면 이만 끝. 곧 수업 시작하겠다."

로티어스 교수도 1교시 수업이 있는 날이었다. 그가 내일 아침 늦지 말라는 말을 덧붙이며 축객령을 내렸다.

"저, 여쭤볼 것이 있습니다."

아이들이 모두 나가고 바율과 퀸만이 남았다. 머뭇거리며 자리를 벗어나지 못하고 있던 바율이 용기를 내 물었다.

"다른 애들과 달리 전 딱히 우등생이 아닌데 뽑힌 이유가 무엇인가요? 혹, 저희 아버지…… 때문인가요?"

오랜만에 아버지를 입에 담았다. 그립지만 한편으론 두렵기도 한 존재. 바율은 아직 아버지를 만날 준비가 되지 않았다.

"숨기진 않겠다. 바율 너는 특별히 요청이 따로 있었다."

'역시 아버지께서…….'

"황제 폐하께서 보고 싶다고 하셨다는구나."

"네에? 폐, 폐하께서요?"

놀란 바율이 더듬거리며 되묻자 로티어스 교수가 웃으며 얘기했다.

"그래, 궁금하신 것이겠지. 란데르트 공작 전하의 아들이 어떻게 자랐을지. 나도 늘 그게 궁금했었거든."

란데르트 공작의 아들.

잊고 있던 부담감이 다시금 바율을 짓누른다. 많이 달라졌다고 생각했는데 여전히 자신은 겁쟁이였다.

"너도 같은 게 궁금한가?"

로티어스 교수가 퀸을 바라봤다.

"그렇습니다."

"답안지를 살펴보니 티가 확 나더군. 너무 앞서가지는 않게, 그렇다고 너무 뒤처지지도 않게."

"……!"

"주목을 받고 싶지 않아서겠지?"

아무도 모를 줄 알았다. 생각지도 못한 로티어스 교수의 일격에 퀸의 눈빛이 처음으로 크게 흔들렸다.

"인어족으로서 고충이 있다는 거 알고 있다. 전부는 아니더라도 조금은 이해가 가. 그래서 합류시켰다. 도와주고 싶었거든."

"…돕는 거라고요?"

"어, 아닌 것 같아?"

인어족인 퀸이 황궁에 간다는 건 웃음거리가 되러 가는 것이나 진배없었다. 다들 동물원의 원숭이 구경하듯 그를 볼 것이다. 퀸은 사절단에서 시선 끌기용밖에는 되지 않았다.

"둘 다 베르가라에 가 본 적 없지?"

바율의 신분이라면 갔어도 열 번은 더 갔었어야 했지만, 어릴 때부터 아팠다고 하니 그럴 거라 짐작했다.

"가서 보고 오거라. 베르가라가 얼마나 아름답고 멋진 곳인지."

로티어스 교수의 눈빛이 돌연 진지해졌다.

"그리고 황태자를 만나면 이렇게 말해. 너희가 기꺼이 친구가 되어 주겠다고. 난 꼭 그렇게 되었으면 좋겠구나."

다짜고짜 황태자와 친구가 되라니 밑도 끝도 없는 말이었다.

하지만 달라진 분위기 때문일까. 바울도 퀸도 그의 말을 허투루 들을 수가 없었다. 그는 진심이었다. 이처럼 심각하고 중대한 그의 모습은 본 적이 없었다.

3.

평일 낮이어서 그런지 황도로 가는 기차 안은 의외로 한산했다. 드문드문 승객들이 보이긴 했지만, 빈 좌석이 많아 1학년 사절단과 인솔 교수, 직원들 대부분이 같은 열차 칸에 모여 탔다.

일반실을 처음 이용하는 바울에게는 많은 것들이 낯설었다. 다닥다닥 붙어 있는 자리는 비좁기도 비좁지만, 너무 딱딱해서 엉덩이가 아팠다. 창문은 아귀가 맞질 않는지 계속 덜컹거렸고 어디선가 가축들의 분비물 냄새도 풍겼다.

하지만 친구들과 처음으로 타는 기차여서일까. 아버지를 만나야 한다는 사실에 마음은 무겁지만, 함께 여행을 떠나는 것 같아 기분이 설레기도 했다.

황궁 베르가라는 얼마나 아름다울지, 그곳에서 만나게 될 황태자는 어떤 사람일지 아주 조금씩 궁금해지기도 했다.

물론 모두가 같은 마음인 것은 아니었다.

"너희는 어떨지 모르겠는데, 사실 난 가기 싫었어."

루빈스키가 가장 먼저 불만을 드러냈다.

"로티어스 교수님께서 가산점을 주신다고 했지만 그게 얼마나 되겠니? 우리가 허비한 시간에 비하면 그리 큰 점수도 아닐 거야."

"그건 아직 모르지. 그리고 평소 로티어스 교수님께서 그렇게 야박한 편도 아니고."

"에이단, 너야말로 모르는 소리 마. 이미 내가 다 알아봤단 말이야. 3학년 선배들이 작년에 이런 비슷한 경우가 있었는데, 시간이란 시간은 다 뺏기고 수업 쫓아가느라 고생만 했다더라."

행정학부 수석자답게 그새 조사까지 마친 루빈스키였다.

"우리만 해도 그래. 아마 돌아가면 필기할 거리가 산더

미처럼 쌓여 있을걸? 이러다 기말시험 망치면 어떡하냐고!"

그게 가장 걱정이었다. 루빈스키가 할 줄 아는 거라곤 공부밖에 없었다. 비참하지만 이놈의 잘난 집안에선 일등이라도 해야 부모님의 관심을 겨우 받을 수 있었다. 아들도 아닌 데다 딱히 빼어난 미모도 갖지 못한 그녀가 인정받는 길은 그것뿐이었다.

"월등한 점수 차이로 행정학부 수석을 차지한 네가 그런 소리를 하다니 의외인데. 이렇게 된 거 그냥 즐겨 보는 건 어때? 어차피 돌아가면 또 책 속에 파묻혀서 살 거잖아."

"그게 쉽게 되었으면 이러고 있지도 않지."

"포기할 땐 빨리 포기하는 게 정신 건강상 이롭다."

"에이단, 넌 어떻게 도서관 일까지 하면서 수석을 차지한 거니? 지나가며 널 볼 때마다 대단하다고 생각했어. 나라면 못했을 거 같거든."

"이런 말이 있지. 두려워 말라. 닥치면 다 하게 되어 있다."

에이단이 부러 목소리를 굵게 만들어 누군가를 흉내 내듯 말하자 루빈스키가 입을 가리며 킥킥거렸다. 줄곧 울상이던 얼굴에 웃음이 더해지자 훨씬 잘 어울린다고 바율은 생각했다.

"바율, 넌 어떠니? 베르가라는 몇 번째야?"

"엇? 나?"

루빈스키의 갑작스러운 질문에 잠시 멈칫하던 바율이 어색하게 웃으며 답했다.

"…그게, 처음이야."

"어머, 그러니? 공작 전하 따라서 많이 가 봤을 줄 알았는데 아니었구나."

안경 너머 루빈스키의 눈이 동그랗게 변했다.

"로티어스 교수님 사무실에서 널 봤을 때 좋아하는 기색이 아니기에 많이 가 봐서 그런 줄 알았거든. 너도 나처럼 수업 걱정한 거였구나?"

"…응. 뭐, 그렇지. 내가 아직 많이 부족해서."

"그래도 편입생이 그 정도면 잘한 거지. 가국어는 너와 라나사가 일등이라며?"

딱 한 문항을 틀려서 만점을 받지는 못했지만, 학년 일등을 차지한 것은 사실이었다. 시험이 끝난 첫 가국어 수업 때 라나사와 함께 박수도 받았다.

"라나사, 너는 사절단으로 뽑힌 거 어때? 너도 걱정되니?"

사절단 중 라나사와 루빈스키 단둘만이 여자였다. 그래서인지 마차에서도 기차에서도 둘은 꼭 옆에 붙어 있었다.

루빈스키가 라나사 곁에서 떨어지지 않으려고 노력하는 것처럼 보이기도 했다.

"넌 좋겠다. 난 분명 가나 마나야. 아무도 나에겐 관심조차 없을 거라고."

라나사가 대꾸할 새도 없이 루빈스키의 한탄이 이어졌다.

"너처럼 예쁜 아이 옆에서 평범한 내가 눈에 띄겠니. 나 같은 건 거들떠보지도 않을 거야. 내가 거기 있다는 것도 모를걸?"

기실 그래서 더 가기 싫었다. 그나마 남아 있는 자존감마저 다 사라져 버릴까 봐 두려웠다. 그렇다고 라나사가 싫다거나 질투가 나는 건 아니었다. 차이가 극명하면 오히려 받아들이기는 더 쉽고 편한 법이었다.

"루빈스키, 사람을 외모로 판단하는 건 옳지 않아. 그리고 너도 충분히 예뻐."

친구의 좌절에 마음이 쓰인 듯 줄곧 창밖을 향해 있던 라나사의 고개가 돌아왔다.

내색하진 않았지만 바율은 속으로 적잖이 놀랐다. 얼음 여신 라나사에게서 나왔다고는 도저히 믿을 수 없을 만큼 다정한 말투였기 때문이다. 라나사에게 이런 따뜻한 면이 있을 거라곤 상상도 못했다. 그간의 만남에서 바율이 겪은 것은, 이유를 알 수 없는 그녀의 냉대뿐이었다.

'그리고 눈물…….'

라나사를 처음 만난 건 지금처럼 기차 안이었다. 그녀와 똑 닮은 엄마를 원망하며 울부짖던 모습이 아직도 생생하다.

어머니와 화해는 했을까?

마주 앉은 라나사를 보며 바율은 왜인지 쓸데없는 생각이 들었다.

"그 입 닥치지 못해!"

갑자기 험한 욕설이 들려온 것은 그때였다. 통로 건너편 측에 앉아 있던 슈스케가 자리를 박차며 일어났다.

"또 시작이구먼."

"징그럽다, 징그러워."

에이단과 루빈스키가 동시에 고개를 저으며 혀를 찼다.

"마법학부와 신학부 사이가 좋지 않다는 얘기를 듣긴 했지만, 이 정도일 줄은 몰랐어. 대체 왜들 저렇게 서로를 못 잡아먹어서 안달인 거라니?"

"몰랐어? 주교님과 마법학부장님 사이가 안 좋다잖아. 절교를 했다나, 뭐라나."

"아무리 그래도 그렇지. 다른 사람들도 있는데 정말 한심하다."

"재들을 좁은 공간에 함께 둔 것 자체가 잘못이지. 멀쩡한 우리도 갑갑한데, 앙숙이랑 마주 보고 있는 게 어디 편하겠냐? 좀만 참자, 우리가."

캐링스턴에서 수도인 판엠까지는 기차로 꼬박 하루를 달려야 하는 거리였다. 중간에 기차가 잠시 역에 정차할 때 쉬는 시간이 주어지긴 하지만, 어제 낮부터 오늘 아침까지 줄곧 불편한 의자와 씨름하며 견디는 중이었다.

안 그래도 슈스케와 엘레인은 아말륜 때문에 타락의 숲에서 싸운 전적이 있었다. 그런 녀석들이 하필이면 같은 사절단에 포함된 것으로도 모자라 서로를 마주 보는 자리에 앉게 된 것이다.

좌석 번호 때문에 어쩔 수 없이 벌어진 일이지만, 비어 있는 자리가 있으니 누구라도 먼저 옮기면 되는 일이긴 했다. 물론 승무원은 그러지 말라고 했지만 말이다.

하지만 그러면 싸움에서 지는 거라고 여기는지 자리를 옮기기는커녕 붙박이처럼 앉아 서로를 노려본 채 으르렁거리며 여기까지 왔다.

그나마 둘 곁에 일라이가 있다는 게 다행이라면 다행이었다. 둘의 감정이 격해질 때마다 일라이가 잘 중재한 덕에 큰 사달은 피할 수 있었다.

퀸과 로건의 좌석은 일행과 약간 떨어진 곳이었는데, 그 사실에 바율은 진심으로 안도했다. 에이단과 로건이 붙어

앉기라도 했다면 저 둘보다 더하면 더했지, 덜하진 않았으리라.

"훗, 한 대 때릴 배짱도 없는 주제에 큰소리는. 살면서 주먹을 써 보긴 써 본 거냐? 그 주먹으로 맞았다간 간지러워서 웃음이 튀어나오겠다!"

"뭐야? 이 자식이 진짜 죽고 싶어서 환장했나!"

엘레인의 도발에 슈스케의 얼굴이 붉으락푸르락 변해 갔다. 성기사 지망생인 엘레인이 또래에 비해 체구가 큰 편인 반면, 슈스케는 키는 크지만, 매우 말랐다.

"억울하면 파이어 볼이라도 날려 보시든가."

파이어 볼은 3서클의 마법이었다. 당연히 1학년인 슈스케가 할 수 있는 마법이 아니었다. 설사 가능하다 쳐도 지금같이 좁은 기차 안에서 폭발성 마법인 파이어 볼을 사용하는 것은 금물이었다.

"그러니까 그런 쓸데없는 마법 같은 건 왜 배우냐? 머리가 나쁘면 몸이 평생 고생하지."

"내가 분명히 경고했다. 그 입 닥치라고."

"이런, 내 입은 내가 알아서 할 거라고 말하는 걸 깜박했네."

엘레인의 이죽거림에 슈스케의 몸이 부르르 떨렸다. 그리고 그때 갑자기 덜커덩하며 기차가 터널 속으로 들어갔다.

"앞으론 깜박하지 않게 그냥 내가 도와주지."

옆에 앉아 있던 일라이만이 들을 수 있는 작은 목소리였다.

퍽!

그리고 이어 터져 나온 소리.

"아앗! 지금 너 나 쳤냐?"

"덤벼, 이 새끼야!"

부지불식간에 벌어진 일이었다. 암흑 탓에 보지는 못했지만, 주먹이 오가는 둔탁한 소음이 이어졌다. 예민함이 극에 달한 나머지 둘의 갈등이 결국 몸싸움으로까지 번진 것이다.

"엘레인!"

"슈스케!"

일라이가 말리려고 나섰지만 소용없었다. 터널이 끝나고 빛의 세상으로 돌아온 두 녀석이 통로 바닥에 뒤엉킨 채 난장을 벌였다.

"너, 너희들 그만하지 못해! 교수님! 교수님!"

루빈스키가 비명을 지르며 로티어스 교수를 찾았지만, 공교롭게도 조금 전 교수들과 직원 모두 식당 칸에 가고 없었다.

"네가 먼저 시작한 거다!"

치고받는 싸움에서 힘과 기술을 가진 데다 체구까지 큰 엘레인을 슈스케가 상대하기란 애초에 요원한 일이었다. 힘 빠진 슈스케를 바닥에 깔고 엘레인이 배 위로 올라탔다.

퍽! 퍽!

두세 번의 주먹질이 오갔다. 그 소리가 어찌나 질퍽한지 절로 인상이 써졌다. 슈스케의 얼굴이 순식간에 피로 물들었다.

"다들 좀 말려 봐! 이러다 큰일 나겠어!"

엘레인의 주먹이 다시금 허공으로 솟았다. 저 주먹에 맞았다가는 코가 부러질 수도 있겠단 생각이 불현듯 들었다.

"안 돼!"

바율은 본능적으로 몸을 날렸다.

"악!"

그러나 무시무시한 힘에 떠밀려 내팽개치듯 넘어졌다. 머리와 어깨가 어딘가에 세게 부딪치며 '악' 하는 신음이 저도 모르게 터졌다.

"바율!"

뒤쪽에서 친구들의 비명이 들렸다.

"크윽!"

그리고 다음 순간 바율의 입에서 다시 한번 외마디 소리가 터졌다. 갑자기 극심한 통증이 손가락에서 느껴진 것이다.

"바, 바율!"

뒤늦게 달려온 로건의 발길질에 엘레인이 쓰러졌다.

"왜 그래? 무슨 일이야?"

퀸도 황급히 바율에게로 뛰어왔다.

"바율, 너 손가락이……!"

친구들이 일제히 약속이라도 한 듯 멈칫했다. 부딪친 것은 머리와 어깨인데, 바닥을 잘못 짚은 것인지 바율의 오른쪽 엄지손가락이 휘어져서는 안 될 방향으로 휘어져 있었다. 부러진 것이다.

"하아악!"

바율이 팔뚝을 붙들며 고통에 신음했다. 당황이 크면 사고 회로가 정지할 때가 있다. 지금 친구들이 그러했다.

다들 순간 말을 잃고 멍하니 있는데 돌연 퀸이 바율을 번쩍 안아 들었다. 그러곤 기차의 뒤로 난 문을 향해 돌진했다.

응급 처치를 해도 모자랄 판에 이게 무슨 짓이란 말인가.

"야, 퀸! 어디 가!"

친구들이 부리나케 퀸의 뒤를 쫓았다.

사절단이 타고 있던 기차는 맨 뒤 칸이었다. 승객들의 편의를 위해 사람 넷 정도가 쉴 수 있는 작은 공간이 마련되어 있었다. 그곳 중앙에 퀸이 바율을 내려놓았다.

"퀸, 너 지금……!"

"아무도 못 보게 문부터 막아."

"…뭐?"

"이쪽으로 다른 애들 못 오게 막으라고!"

화난 듯 퀸이 언성을 높이자, 당혹스럽긴 했지만 일라이가 순순히 문을 닫고 앞을 막아섰다.

"대체 뭐 하자는 거지?"

"조용히 해. 집중해야 하니까."

로건의 서슬 퍼런 음성에 퀸이 차갑게 대꾸하며 눈을 감았다. 일라이와 에이단이 서로를 돌아보며 영문을 모르겠다는 표정을 짓는 순간이었다.

"……!"

믿을 수 없게도 바율의 부러졌던 손가락이 서서히 제자리를 향해 움직이는 것이 아닌가?

그와는 반대로 바율의 손목을 붙들고 있던 퀸의 엄지손가락이 이상한 방향으로 꺾이기 시작했다.

기괴한 장면이 아닐 수 없었다. 이건 마치 바율의 부상이 퀸에게로 옮겨 가는 느낌이었다.

어느새 바율의 신음이 잦아들었다. 반면 멀쩡하던 퀸의 안색이 거무튀튀하게 변하더니 다문 잇새 사이로 통성이 흘러나왔다.

그 모든 광경을 경악에 찬 눈빛으로 친구들이 바라보고 있었다.

〈다음 권에 계속〉

4컷 만화

바율
퀸

정령의 펜던트
보너스
4컷 만화
빅피

에이단

정령의 침묵

그동안 들은게 환청이 아니라 네 목소리였다니 ...!
그럼 그동안 씻을 때나 옷 갈아입을 때, 화장실 갈 때까지 전부 다
옆에서 보고 있었던 거야!?
왜 눈을 피해!?
차라리 대답해줘!!

향기

그런 말 없었습니다

설마...